U0567441

外国文学名著丛书

〔印度〕泰戈尔／著

泰戈尔诗选

冰心　石真／译

人民文学出版社
PEOPLE'S LITERATURE PUBLISHING HOUSE

Rabindranath Tagore
SELECTED POEMS OF TAGORE

图书在版编目(CIP)数据

泰戈尔诗选/(印)泰戈尔著;冰心,石真译.—北京:人民文学出版社,2020(2022.11重印)
(外国文学名著丛书)
ISBN 978-7-02-016167-6

Ⅰ.①泰… Ⅱ.①泰…②冰…③石… Ⅲ.①诗集—印度—现代 Ⅳ.①I351.25

中国版本图书馆CIP数据核字(2020)第040000号

责任编辑 翟 灿
装帧设计 刘 静
责任印制 王重艺

出版发行 人民文学出版社
社 址 北京市朝内大街166号
邮政编码 100705

印 刷 河北新华第一印刷有限责任公司
经 销 全国新华书店等

字 数 148千字
开 本 850毫米×1168毫米 1/32
印 张 12.25 插页3
印 数 8001—11000
版 次 1958年5月北京第1版
印 次 2022年11月第3次印刷

书 号 978-7-02-016167-6
定 价 55.00元

泰戈尔

出版说明

人民文学出版社自一九五一年成立起，就承担起向中国读者介绍优秀外国文学作品的重任。一九五八年，中宣部指示中国科学院文学研究所筹组编委会，组织朱光潜、冯至、戈宝权、叶水夫等三十余位外国文学权威专家，编选三套丛书——“马克思主义文艺理论丛书”“外国古典文艺理论丛书”“外国古典文学名著丛书”。

人民文学出版社与中国科学院文学研究所，根据“一流的原著、一流的译本、一流的译者”的原则进行翻译和出版工作。一九六四年，中国社会科学院外国文学研究所成立，是中国外国文学的最高研究机构。一九七八年，“外国古典文学名著丛书”更名为“外国文学名著丛书”，至二〇〇〇年完成。这是新中国第一套系统介绍外国文学作品的大型丛书，是外国文学名著翻译的奠基性工程，其作品之多、质量之精、跨度之大，至今仍是中国外国文学出版史上之最，体现了中国外国文学研究界、翻译界和出版界的最高水平。

历经半个多世纪，“外国文学名著丛书”在中国读者中依然以系统性、权威性与普及性著称，但由于时代久远，许多图书在市场上已难见踪影，甚至成为收藏对象，稀缺品种更是一书难求。在中国读者阅读力持续增强的二十一世纪，在世界文明交流互鉴空前频繁的新时代，为满足人民日益增长的美好生活的需要，人民文学出版社决定再度与中国社会科学院外国文学研究所合作，以"网罗经典，格高意远，本色传承"为出发点，优中选优，推陈出新，出版新版"外国文学名著丛书"。

值此新版"外国文学名著丛书"面世之际，人民文学出版社与中国社会科学院外国文学研究所谨向为本丛书做出卓越贡献的翻译家们和热爱外国文学名著的广大读者致以崇高敬意！

"外国文学名著丛书"编委会

二〇一九年三月

目　次

译本序

罗宾德罗那特·泰戈尔是印度近现代伟大的诗人、作家、艺术家、哲学家和社会活动家。同为印度人并在一九九八年获得诺贝尔经济学奖的阿马蒂亚·森指出,“泰戈尔是我们时代最伟大的文学人物之一”。在印度文学的天空中,他与古代梵语诗人迦梨陀娑成为耀目的双子星座。

泰戈尔不但是印度文学史上罕见的巨匠,而且也是世界文学史上少有的大师。在六十年的创作生涯中,他始终保持不懈的探索精神和过人的创作精力,以其全面的艺术天才在文学园地里辛勤耕耘,在诗歌、小说、戏剧和散文等领域都取得了巨大的成就,给后世留下了数量惊人、种类繁多的艺术珍品。他毕生创作五十余部诗集、十余部中长篇小说、九十多篇短篇小说、数十种戏剧,同时著有数量相当可观的散文作品和其他杂著。他用孟加拉文和英文双语创作。他的作品主要收录在多达三十三卷的孟加拉文版《泰戈尔文集》中。在纪念泰戈尔诞辰一百二十五周年之际,经缩小字号和收窄行距,这套文集的普及版问世,编排为厚厚的十八卷。诗人的英文著述,主要收在四巨册《泰戈尔英文作品集》中。此外,多达十九卷的孟加拉文《泰戈尔书信集》单独出版,没有收入上述《泰戈尔文集》。随着岁月的流逝,他的作品愈益放射出璀璨的思想光芒，显示出永恒的艺术魅力。他为后世留下一笔超越时代和文化的丰厚遗产。泰戈尔的作品已被译成多种文字，在世界各地广泛流传，并作为教材在中学和大学讲授，影响巨大。时至二十一世纪，世界上不少国家依然有许多读者对泰戈尔的作品怀着浓厚的阅读兴趣。近年来，一些新的译本还在欧美及亚洲国家不断涌现。

泰戈尔是多才多艺、富于创造性的天才。除文学作品外，他醉心于音乐，创作了两千余首歌曲。印度和孟加拉国的国歌词曲均出自他的手笔。这在世界上是绝无仅有的。此外，他还留下两千多幅素描和绘画作品。

一九一三年，他以诗集《吉檀迦利》荣膺诺贝尔文学奖，成为第一个获此殊荣的亚洲人。他的作品和获奖对中国青年、知识分子和诗人等产生了显著影响。郭沫若在旅日期间读了泰戈尔的诗后，产生了做一名诗人的强烈愿望。一开始，他模仿泰戈尔写了几首无韵诗。在他的第一部诗集《女神》中，可以很容易地看到泰戈尔的诗对他的深刻影响所留下的痕迹。谢冰心是新文化运动中受到泰戈尔巨大影响的另一位重要文学人物。此外，郑振铎、刘半农、徐志摩以及林徽因，或翻译过泰戈尔的作品，或在他来华时担任过译员，后来他们都成了著名作家或诗人。徐志摩在一九二三年七月六日发表的《太戈尔①来华》一文中表示，在中国新诗界中，“十首作品里至少有八九首是受他直接或间接影响的”。泰戈尔为恢复印度与中国之间曾经密切的文化关系也起了重要的桥梁作用。

有“诗哲”（Poet-philosopher）之誉的泰戈尔，与有“圣雄”

① 即泰戈尔。

(Mahatma)之誉的甘地,被认为是印度二十世纪的两大伟人。

泰戈尔一八六一年五月七日出生在印度孟加拉省加尔各答市。当时,加尔各答是英属印度的首府,也是印度的文化中心。以加尔各答为中心的印度宗教改革运动、文学革命运动和民族主义运动潮流涌动。这三大运动汇流,将印度推进到后来被称为孟加拉文艺复兴的巨大变动阶段。这是英国殖民主义者统治之下的印度民族意识逐渐觉醒,从传统社会向现代社会迈进的重要历史转折时期。

泰戈尔的祖父达罗卡那特·泰戈尔社会地位显赫,富甲天下,有王公之称,是印度近代伟大的启蒙思想家、宗教哲学家和社会改革家罗阇·罗姆摩罕·罗易的友人和忠实支持者,不仅慷慨而明智地贡献自己的财富,而且支持当时的重要社会改革和进步运动,并在罗易逝世后成为近代印度教改革社团之一梵社的领袖。他曾开办公司,投资企业,经营田产,出访欧洲,当过维多利亚女王的座上宾。泰戈尔的父亲戴本德罗那特·泰戈尔是宗教哲学家和社会改革家,也曾出任梵社领袖。

泰戈尔家族是孟加拉乃至印度的望族之一,在农村拥有大片的田产,在城市拥有豪华的邸宅。这一家族虽然属于婆罗门这一最高种姓,但从泰戈尔的祖父起,便不再把种姓制度的"神圣"放在眼里,颇多离经叛道之举。泰戈尔父亲的神秘主义哲学思想对泰戈尔起了潜移默化的作用。泰戈尔是家中的第十四个孩子,上有兄长和姐姐十三人。他的兄长大都多才多艺。他们的非凡才能和家庭浓郁的文学艺术气息,对少年泰戈尔产生了重大影响。泰戈尔的家庭是富有的,也是开明的,为他的成长提供了极好的物质和精神条件。诗人在晚年回忆童年时说，自己的“心智是在一种自由的气氛中成长起来的”。

泰戈尔早年曾短期就读于加尔各答的不同学校，却因对传统教育体制十分厌恶而屡屡辍学，没有持续接受正规教育。他的学问主要是靠家里聘用各门教师施以严格教育和自学获得的。他的家庭教师风雨无阻，执教非常严格。

几乎所有的天才诗人都是早熟的。杜甫“七龄思即壮，开口咏凤凰”。泰戈尔早慧，八岁即能写诗。他于一八七五年发表第一首长诗《野花》，在十七岁时出版第一部诗集《诗人的故事》(1878)。一八七八年，父亲送他前往英国学习法律，希望他成为一名大律师，但是他的兴趣不在法学，因而留学的主要收获在于音乐、文学、英语和眼界的拓宽。一八八〇年二月，他回到印度。一八八二年出版抒情诗集《暮歌集》。这部诗集的出版，标志着他正式走上文学创作的道路。一八八三年，他又出版了《晨歌集》。

十九世纪九十年代，他遵从父命离开城市到乡下经管祖上的田产，在乡间生活了整整十年。他们家土地太多，他得不断坐船巡视。这是他文学创作的黄金时期。这一时期不但是他诗歌创作的井喷阶段，也是他短篇小说创作的全盛时期。一九〇一年，为了自己孩子们的教育，他离开乡下，在父亲选中的一块静修之地——圣谛尼克坦①创办了一所小学，决心按自己的理想办教育，以便让自己的五个子女(二男三女)健康成长。一九二一年，该小学发展成为举世闻名的国际大学。他的后半生大部分时间都居住在那里。一九〇五年，他积极

① 意译为寂乡，加尔各答北部偏西约一百六十公里处。

参加了反对英国殖民者分割孟加拉的民族运动。一九一三年，他以宗教抒情诗集《吉檀迦利》荣膺诺贝尔文学奖之后，开始不断应邀出访，逐渐成为一个“世界公民”，足迹遍及亚洲、欧洲、美洲、非洲的数十个国家，发表了众多精彩演讲，受到了广泛的欢迎和热烈的赞誉，也促进了他的作品在世界各国的传播和影响。一九一六年，他于赴日本途中在香港停留，他从在码头上干活的中国劳工身上看到了中华民族的伟大力量，于是在日记中写道：“我认识到，这个伟大民族的整个大地上，蕴藏着一种多么巨大的活力。当这样一种巨大的活力拥有了自己的现代工具，当它掌握了科学，世界上又有什么力量能够阻挡它呢？”他真诚期望中国觉醒起来，希望中国繁荣富强，预言中国终将崛起，透出一种罕见的睿智与远见。一九一九年，印度发生英国殖民者血腥镇压反英民众的阿姆利则惨案，他愤然辞去英国政府授予他的爵士头衔。一九二四年，他应梁启超先生邀请访问中国，高度赞誉中国文化，对中国人民表示了极其友好的感情。一九三〇年，他访问苏联，既看到了它所取得的成就，也发现了它潜在的问题。二十世纪三十年代，帝国主义、军国主义和法西斯主义日益猖獗。泰戈尔拍案而起，强烈谴责它们的暴行。一九四一年八月七日，泰戈尔病逝于加尔各答，享年八十岁。

尽管泰戈尔多才多艺，但他在本质上却是一个诗人。从他的创作实践看，诗也的确是他毕生最为倾心也最为得心应手的艺术形式。他虽然成功地运用过各种文学体裁，但唯有诗歌被他当作终生的事业。他的诗歌不仅是印度人民的宝贵财富，而且也为世界各国人民所珍视，在世界上产生着广泛的影响。泰戈尔毕生创作了三千余首诗。

泰戈尔主要用自己的母语孟加拉文进行文学创作，但也用英文写了大量演说、书信及一些诗歌。在印度之外，他的作品主要以英文译本流传。他的英文诗集《吉檀迦利》等就是诗人自己翻译的。他的译笔流畅而自然，被西方学者视为“第二原著”。

人民文学出版社编选的这部《泰戈尔诗选》，共收入诗人的三部诗集。现将其内容分别简介于下：

《诗选》 这是泰戈尔的一部相当重要的英文诗集，共收入诗歌一三〇首，并有《序诗》一首，由国际大学出版社在诗人逝世翌年出版。诗集中除了第114首和第120—130首这十二首之外，均是诗人自己从孟加拉文译成英文的。除了《序诗》和最后一首，这些诗歌依创作年代及创作分期排序，分为四辑。诗歌的创作时间从一八八六年至一九四一年，跨度达五十六年。诗集中的重要诗歌基本可以分为三个类型，即宗教抒情诗、写实诗和政治抒情诗，此外还有一些杂诗。诗集中的第8首、第11首、第16首、第23—26首、第46首、第49首、第52首、第57首、第61首、第85首、第113首等都是宗教抒情诗。这一类诗具有神秘的色彩，比较费解，却十分耐人寻味，我们将在下文介绍《吉檀迦利》时一并予以说明。第94首、第100首均系写实诗歌中的名篇，前者以传神之笔描绘了一条小河的神韵，后者热情赞颂了矫健的山达尔妇女。政治抒情诗在这部诗集中占有显著地位，它们表现了诗人慨然维护正义、敢于仗义执言与疾恶如仇的凛然正气。例如，第102首抒发了诗人对殖民者奴役和蹂躏非洲人民的强烈义愤，第108首描绘了残暴而又虚伪的日本军国主义的丑恶嘴脸。它们在暴力横行的时代，体现了人类的良知。

《吉檀迦利》 这部英文宗教抒情诗集是泰戈尔的代表作,是二十世纪世界文坛影响最为广泛的一部诗集。诗集共收诗歌一〇三首,一九一二年在伦敦出版。这些诗歌,是诗人从其同名孟加拉文诗集及另外几部孟加拉文宗教抒情诗集选译而来的。

一九一〇年,泰戈尔的孟加拉文诗集《吉檀迦利》问世。一九一二年春季,他在病中及前往英国途中完成英文本《吉檀迦利》的选译工作。诗人抵达伦敦后,他的诗稿受到诗人叶芝等名家的高度评价。他们感受到了一种罕见的东方之美,看到了一个全新的世界,发现了一个非凡的诗人。叶芝亲自作序,他说:"罗宾德罗那特·泰戈尔的这些诗歌的散文译本令我热血沸腾,多年来还没有什么作品这样让我感动。""他的诗歌那么丰富多彩,那么浑然天成,那么激情澎湃,那么令人惊异……多少世代之后,旅人还会在路途上吟咏它们,船夫还会在河上吟咏它们。"伦敦印度学会随即发行了这部诗集的限量版,结果引起轰动。接着,伦敦麦克米伦公司于一九一三年三月出版这部诗集的普及版,到年底为止的九个月内重印多达十三次。一股突然爆发的泰戈尔热风靡西方世界,使诗人在当时灿若群星的西方作家中卓然特立,毫无悬念地获得一九一三年度诺贝尔文学奖。

在英文本《吉檀迦利》收入的一〇三首诗歌中,只有五十三首是从诗人孟加拉文同名诗集选译而来的,其余五十首诗歌则译自另外几部宗教抒情诗集等作品。此外,诗人还从《收获集》《梦幻集》这两部前期诗集和《悼亡集》《献辞集》及剧本《死城》(1911)等作品各选译了一首。因此,如果不问来源,孤立地看《吉檀迦利》之中的一首诗,就可能望文生义,产生误解。例如，诗集第87首开头写道:“在无望的希望中，我在房里的每一个角落找她；我找不到她。”这里的“她”究竟指谁呢？如果不知道这首诗出自《悼亡集》，那就不可能知道“她”就是诗人的亡妻，就会徒费许多猜测。由于诗人优中选精，英文版《吉檀迦利》成为他中期诗歌中最好作品的集成。

孟加拉文《吉檀迦利》有着严格的韵律，而英文《吉檀迦利》则是以散文为体。此外，诗人在翻译过程中没有拘泥于原文，去掉了一些歌词特有的叠句，个别地方又有所增益，而有时又将几首诗合并成一首，实际上等于进行了艺术再创造。这是泰戈尔英译诗集中最好的一部。总的来看，译文与原文还是颇为神似的。长期以来，包括懂孟加拉语的印度学者在内，在引用《吉檀迦利》中的诗篇时，均以诗人的英文本《吉檀迦利》为出处。这部英文诗集的影响，远远超过同名孟加拉文诗集。

《吉檀迦利》标题的直译是“歌之献”。泰戈尔在翻译这部英文诗集时加了个英文副标题“歌之献”(Song Offerings)，属于意译，否则，仅书名就足以让人觉得神秘。诗集以宗教哲理为内容，而以歌为形式。一般人以花献神，而诗人则以歌献神。不过，诗人是在借助这种歌的形式，以形象的手法、抒情的笔触，来倾诉自己的哲思。值得一提的是，对宗教哲学问题的思索和《吉檀迦利》的创作，与泰戈尔家庭生活的变化有重大关系。一九〇二年，他的妻子穆丽娜利妮·黛维去世。翌年，二女儿莱奴卡夭亡。一九〇五年，他的身为哲学家的父亲去世。一九〇七年，幼子索明德罗那特夭折。亲人的接连去世，尤其是妻子早逝与一儿一女的夭折，对泰戈尔造成了深重的精神创伤。

泰戈尔在《吉檀迦利》第75首中写道："人们从诗人的字句里，选取自己心爱的意义；但是诗句的最终意义是指向着你。"虽然诗无达诂，见仁见智，泰戈尔还是在这首诗中表明，他的诗歌是有深刻意旨的。纵观诗集《吉檀迦利》，我们不难看出，它是诗人献给一位神的。在诗人笔下，这位神有着种种名称和身份。诗人时而称他为"主人"，时而称他为"朋友"，时而称他为"父亲"，时而又称他为"国王"，但更多的时候还是直接称他为"神"。在翻译这部诗集时，诗人借用了英语中"God"一词，但他诗中的"God"并不是基督教的上帝，而是从印度哲学中玄而又玄的"梵"这一抽象概念演化而来的一个具有人格的宗教神。两者虽然同为宇宙的创造者和主宰者，但分别属于两个不同的宗教哲学体系。

泰戈尔的宗教哲学思想，主要来源于印度古代奥义书哲学和印度教毗湿奴派教义。这是一种类似于泛神论的思想。奥义书哲学认为，万有同源，皆出于梵。它又认为，万有一如，皆归于梵。换言之，梵是宇宙的最高本质和最高实在，也就是宇宙的本原。宇宙万物皆派生于梵，存在于梵，统一于梵。自然、社会、国家及人的意识都不过是这一宇宙精神的显现，是其存在的不同形式。泰戈尔认为，梵是一种无限的存在，而现象世界和人是有限的存在；人的灵魂与宇宙精神具有实质的同一性。达到梵我同一是诗人追求的最高精神境界，在"有限"中证悟"无限"的欢乐，是他宗教抒情诗歌创作的母题。诗人热爱人民和祖国的赤忱之情感人至深，诗人对自然、人生、欢乐、光明的歌颂洋溢着奋发、热烈的情绪。诗集中关于神在自然中和人类社会显现的描写蕴含着现实主义的因素，飘散着浓郁的生活气息。在艺术上，诗歌语言朴素自然，清新流丽;感情热烈真挚,含蓄细腻;意境宁谧深邃,耐人寻味;形象鲜明具体,生动活泼。诗集熔哲理与诗情于一炉,充分体现了泰戈尔诗人兼哲人的本色。《吉檀迦利》就是这样一部以形象化的艺术手法表现诗人宗教哲学思想的抒情诗集。

如果说英文版《吉檀迦利》是泰戈尔的代表作,那么其中第35首就是这部诗集中的代表作。印度有学者认为,即使诗人没有创作别的诗歌,仅这一首也足以让他流芳百世。我们看一看这首诗:

在那里,心是无畏的,头也抬得高昂;
在那里,知识是自由的;
在那里,世界还没有被狭小的家国的墙隔成片段;
在那里,话是从真理的深处说出;
在那里,不懈的努力向着“完美”伸臂;
在那里,理智的清泉没有沉没在积习的荒漠之中;
在那里,心灵是受你的指引,走向那不断放宽的思想与行为——
进入那自由的天国,我的父呵,让我的国家觉醒起来罢。

这是一首意旨十分高远的诗,表现了诗人对一个理想世界的无限憧憬。不过,诗人认为,要让印度进入这样一种理想境界,还得将他的祖国唤醒。

《吉檀迦利》这部诗集的结构犹如一部交响乐。第1—7首是序曲,唱出了诗人作歌的缘由,即听从神的命令,以“永新的旋律”“优美的和声”唱出生命的献歌,从而实现与神合一的愿望。第8—35首是第一乐章,主题是对神的思念。诗人先写神就在普通劳动者中间,继而写自己对神的渴慕与求索,表白自己愿意抛弃一切世俗欲念,把爱无私地献给神,最后归结到让神唤醒自己的祖国，让她“进入那自由的天国”。第36—56首是第二乐章，主题是与神的会见。神接受了诗人的祈求，赐予他新的力量，于是“新的音乐又从心上进来”（第37首）。诗人以更加炽烈的感情呼唤着神的降临，想像着神到来时的情景。结果，神来到诗人心中，来到诗人茅舍门前。神的爱与诗人的爱融会在一起，人与神圆满地合为一体。第57—85首是第三乐章，主题是欢乐颂。诗人先纵情歌唱神带给世界无限的欢乐和光明，接着凄然低吟人与神分离的痛苦。神创造人之后，两者自然分离。然而，正是神的这种“自我分离”才显出神存在的意义，并让人看到神的面貌。只有在人留下生命的果实返回神的殿堂之后，这种分离的痛苦才会结束。第86—100首是第四乐章，主题是死亡颂。诗人操着“生命的弦琴”，弹着“永恒的乐音”，渴望着“死于不死之中”，亦即获得新的、永恒的生命，真正达到与神合一的境界。最后三首是尾声，概括了诗集的内容和意义。诗人表明自己一直在用歌寻找神。他把神的故事编成不朽的歌，从中倾吐心中的秘密。他祈望自己的所有诗歌汇聚成一股洪流，注入静寂的大海，让自己的生命启程回到永恒的家中。不难看出，这部交响乐的结构是完整的、精巧的。四个具有分主题的乐章围绕着“梵我一如”的主旋律表现出丰富多彩、变化无穷的复杂思想感情。至于诗集内容上的重复，那是由于“音乐是一种力求把纯粹的情绪加以反复咏叹和雕琢的艺术；重复有助于达到这个目的，因为重复使意识不断回到同一主题上来”①。作

① 引自《美学原理》，［美］H.帕克著，张今译，第179页，商务印书馆，1965年。

为音乐家的泰戈尔自然精于此道。不过，这部交响乐主题的不断重复并非简单重复，而是同一主题的变奏。它给人的印象就像群山中清澈的泉流，秋夜明净的天空中璀璨的星辰，使人得到无限的美的享受。

《故事诗》 这是泰戈尔前期诗歌创作中一部极其重要的孟加拉文叙事诗集，在印度历来被视为诗人留给人民的最好的精神遗产之一。诗集收入诗歌二十四首，并有序诗一首，初版于一九〇〇年。当时，诗人不但正处于创作井喷阶段，也处于爱国主义激情汹涌之时。诗集主要取材于印度古代经典作品中的历史传说，其中既有佛教故事、印度教故事和锡克教故事，也有拉其普特人及马拉塔人的英雄传说。诗人热情歌颂了民族英雄在抵御异族入侵时英勇献身的精神。其中《被俘的英雄》简直就是一部锡克教徒英勇斗争的史诗。在莫卧儿军队的残酷镇压下，英雄们的鲜血洒遍五河之邦，七百个英雄连同他们的首领般达都因战败被俘，全部壮烈牺牲。般达父子在死亡面前表现得尤其泰然自若，视死如归："孩子的嫩脸上闪耀着勇敢无畏的光辉"；父亲"屹立着死去——不曾发出一声痛苦的叹息"。《戈宾德·辛格》一诗充分表现了锡克教祖师戈宾德·辛格百折不挠的坚强斗志。他在战斗失败之后仍然对未来信心百倍，怀着豪迈的英雄气概去重整旗鼓，"等待着晓日初升的黎明出现"。《洒红节》写拉其普特人用计谋战胜入侵者。《婚礼》表现了一个王子在婚礼上壮别新娘，奔赴疆场，马革裹尸而还的牺牲精神。这些诗歌读来荡气回肠，令人感叹。《故事诗》中的佛教和印度教故事，表现了诗人对人道主义、民本主义的弘扬和对真善美的礼赞。这部诗集在当时极大地激励了印度人民反抗英国殖民者的斗争意志，增强了印度人民的民族自信心和民族自豪感。

行文至此，不能不提的是这部《泰戈尔诗选》的译者。诗歌是极难翻译的，因此，倘若翻译诗歌，译者本人最好亦为诗人或深得诗之三昧。这部选本中的《诗选》和《吉檀迦利》两部诗集由谢冰心先生翻译。她是我国读者普遍熟悉和敬重的作家、诗人兼翻译家。她在一九二三年从燕京大学毕业后前往美国波士顿近郊的韦尔斯利学院留学，于一九二六年获得英国文学硕士学位。一九二〇年，当她还是一名学生时，她就写了一篇散文《遥寄印度哲人泰戈尔》，向诗人遥致敬意。事实上，她的这篇散文所表达的情感是当时中国文学青年对泰戈尔的普遍情感。一九六一年泰戈尔百年诞辰之际，她写了一篇英文纪念文章，收录在该年新德里出版的《泰戈尔百年诞辰纪念文集》之中。她在文章中写道，童年时代，当她在学校图书馆的架子上发现泰戈尔的《吉檀迦利》《新月集》及其他诗歌时，觉得那些诗歌清新流畅并充满了东方的韵味，于是十分欣喜，仿佛在沿着山路漫步时发现了一簇幽兰。她是在泰戈尔的诗歌的启迪和激励下开始尝试新诗创作的。她的两部诗集《繁星》与《春水》收录了许多具有哲理意味的小诗，与泰戈尔的《飞鸟集》颇多相似之处。她的译笔清新典雅，凝练传神，令人称许。这部选本中收录的两部诗集，尤其是《吉檀迦利》，译文几近完美，已成为我国翻译文学宝库中的经典之作。

《故事诗》的译者石真先生通晓孟加拉文，是我国首位孟加拉语文学翻译家。泰戈尔逝世后不久，我国知名梵文学者和古典文学专家吴晓铃先生赴诗人创办的国际大学，在中国学院执教数年，他的夫人，亦即石真先生随他在那里留学，主修孟加拉语。石真先生翻译的泰戈尔诗集《故事诗》也是难得的经典译作。她的译文句式流畅,音韵铿锵,与原文不但神似,而且形似。我在读研究生期间曾多次赴他们在宣武门内校场头条的府上请益和借书。两位先生均热情好客,平易近人。吴先生学识渊博,文笔精妙,多次与我侃侃而谈。石先生真诚奖掖后学,不吝赐教,并将自己珍藏的泰戈尔著作借我长期使用。我曾私下猜想,作为石先生的第一读者,吴先生可能对夫人的译作提出过修订建议。因此,《故事诗》或许包含吴先生的心血。如今,双梧书屋的两位主人均已仙逝,我且在此聊备一说。

一言以蔽之,两位译者的译风均十分严谨,在国内译界颇有口碑。事实证明,她们的译作经得起岁月的考验。

刘　建

二〇二〇年一月

诗　　选

冰心 译

序　诗

现在我把我的诗
紧密地装在这本子里
像一只挤满了鸟雀的笼子一般送去给你。
那碧空,那围抱星辰的无尽处,
我的诗句群飞穿过的空间,
都被留在外面。
繁星,从夜的心头摘下,
紧紧地结成链环
也许能在天堂近郊的
珠宝商人那里沽得高价,
但是神人们就会怀念
那不分明的超凡的空灵价值。
想象一首诗歌忽然像飞鱼般
从时间的静深中闪过!
你不想把它网住
和一群俘获品一起
陈列在你的玻璃缸里么?
在公子王孙的闲暇的悠长的年月,
诗人天天在他的仁慈君王面前

朗诵他的诗句，
那时候还没有出版社的鬼魂
在用黑色的沉默
来涂抹那共鸣的悠闲的背景，
在不协调的自然伴奏中活跃了起来；
那时候诗句还不是用
　整齐的字母排列起来，
叫人默默地吞咽下去。
呵，那为倾听而写的诗歌
在他们主人的批评的眼光之下，
今天就像一队连锁起来的奴隶
被放逐到无调的纸堆的灰黯里，
那些曾被永恒亲吻过的
在出版者的市场上却迷了路。
因为现在是无可救药的慌忙与拥挤的时代
那抒情诗的女神
去到苦吟者心里的时候
必须坐电车和公共汽车的。

我叹息我恨不生在
　迦梨陀娑的黄金时代，
而你是，——但是这种胡乱的愿望有什么用处呢？
我是无望地生在这忙乱的出版社的时代，——
　一个落后的迦梨陀娑，
而你，我的情人，是极端地摩登的。

懒洋洋地你躺靠在安乐椅上
翻着我的诗卷，
你从来没有机会半闭着眼睛
来听那音节的低吟
而最后给你的诗人戴上
　玫瑰的花冕。
你给与的唯一的报酬
就是几个银角
支付给大学广场上
那个书摊的售书员。

I

1

来吧朋友，不要畏缩，走下到
　坚硬的土地上。
不要在昏暗中收集梦想。
风暴在天空中酝酿，
　闪电抽击着我们的魂梦。
走下到平凡的生活里吧。
幻想的网儿撕破了，
　在乱石墙中寻求隐蔽吧。

2

我的情人的消息
  在春花中传布。
它把旧曲带到我的心上。
我的心忽然披上了
  冀望的绿叶。
我的情人没有来,但是她的摩抚在我的发上,她
  的声音在四月的低唱中从芬芳的田野上传来。
她的凝注是在天空中,
  但是她的眼睛在哪里呢?
她的亲吻是在空气里,
  但是她的嘴唇在哪里呢?

3

呼唤是毫无结果的,
愿望的热火是完全虚空的。
太阳落到他休息的处所。
林中朦胧空中璀璨。
低视慢步地晚星
　跟着去日来了
黄昏的气息里深深地
　充满了别离的意绪。

我把你的双手紧握在我的手里,
用我的渴望的眼睛紧紧地
　捉住你的眼睛;
寻找呼唤,你在哪里,
哪里,呵,哪里!
哪里是在你里面深藏的
　不灭的火焰!
如同黑暗的晚空中
　孤寂的星星
那天上的光明,在它无尽的

神秘中，颤动着，
在你的眼里，在你眼睛的深处
闪射出颤抖着奔放的神秘的灵光。

我无言地凝注着它，
我全心全意地跃入
这无底的渴望的深处：
把自己淹没了。

4

如果在爱中只有痛苦
那为什么要爱呢?
那是多么痴傻,你要求她的心
只为已把自己的心献给了她!
愿望在你血中燃烧
疯狂在你眼中闪烁
为什么有这样的功过的循环?

于世无求的人
他是个自安自足者;
春天的柔气是为他的,
还有繁花和鸟语;
但是爱情来了像一片吞啮的阴影
遮没了整个世界,
吞蚀了生命与青春。
那为什么要寻求这使生存黑暗的阴雾呢?

5

我曾珍惜幻想
但现在我把它们抛弃了。
遵循那错望的道途
我踩到荆棘
才晓得它们不是花朵。

我将永远不和恋爱胡闹，
也永不和我的心戏弄。
我将在你里面寻求隐蔽
在这苦海的岸边。

6

我曾在百种形象百回时间中爱过你，
从这代到那代，从今生到他生。
我的爱心织穿起来的诗歌的链子
你曾仁慈地拿起挂在颈上，
从这代到那代，从今生到他生。

当我听着原始的故事，
那远古时期的恋爱的苦痛，
那古老时代的欢会和别离，
我看见你的形象从永生的
昏暗中收集起光明
像永远嵌在“万有”记忆上的星辰呈现着。

我俩是从太初的心底涌出的
两股爱泉上浮来。
我俩曾在万千情人的生命中游戏
在忧伤的充满着眼泪的寂寞中，
在甜柔的聚合的羞颤中，
在古老的恋爱永远更新的生命里。

那奔涌的永恒的爱的洪流
至终找到了它的最后完全的方向。
一切的哀乐和心愿，
一切狂欢时刻的记忆，
一切各地各时的诗人的恋歌
从四面八方到来
聚成一个爱情伏在你的脚下。

7

在你激动情感的中流受了诅咒的打击，你的生命凝固成一块顽石，洁白，冰冷而无情。

你在尘土中洗了圣洁的澡，跃入大地的原始宁静的深处。

你在无边沉默中躺下，在那里残日下坠，像带籽的落花，要在新的清晨萌芽。

你从草木的根苗像婴儿的手指一般握紧母亲的胸乳，感到了太阳亲吻的激情。

在夜里，尘土的疲倦的孩子们回到尘土中来，他们有节奏的呼吸，用伟大温柔的大地的母亲来摩抚你。

野草用亲昵的花链来缠绕你。

你被生命的海洋所围卷，它的浪花就是叶动，蜂飞，蚱蜢的跳舞与蛾翅的颤翕。

世世代代你俯地倾听，数着那看不见的来者的足音，在他的接触之下，静默发出光辉成为音乐。

女人[1]，罪恶把你剥得赤裸，诅咒把你洗净，你
　升华成为完美的生命。
无底深沉的黑夜的露珠在你眼睫上颤动，常青
　年代的青苔在你的头发上攀缘。

在你的觉醒中你有新生和古代的奇迹，
你和新花一样的年轻和山岳一样的古老。

[1] 这女人是印度神话中的阿赫里耶，是梵天所创造的第一个女人，她和雷天私通，她的丈夫乔答摩仙使她变成一块顽石。后来受了英雄罗摩的抚触，又回复了原形。

8

来吧,那能把我从劳役的锁链下解放出来的朋友,
因为在香客们奔随他们梦想的时候我掉在后面了。

像一股忽然涌溢带着它的贡献奔流入海的洪流,
来把我从重压的担负下席卷了去。
来自人群里
你,我所完全归属的人,
那能叫出我的真实名字的人
并且永远对我微笑使我认识的人。

9

枷锁么？它们真是枷锁，我们心里的恋爱和希望。

它们像母亲的双臂把孩子抱紧在她温暖的胸前。

渴么？是的，就是这渴把生命带向它的快乐的每一源泉在永恒母亲的胸乳里。

谁愿意把孩子生长的生命的渴拿走，把母亲围抱的手臂打开呢？

10

我相信我有一句话要对她说
　当我们的眼光在路上相遇的时候。
但是她走过去了,而这句话
　　　　　　　　日夜地
　像一只空船在时间的每一阵波浪上摇荡——
　那句我要对她说的话。

它好像在无穷尽的追求中
　　　　　在秋云里航行
　又开放成晚间的花朵
　在落日下寻找它失去的语言。

它像萤火般在我心头闪烁
　　　　在绝望的朦胧中
　寻求它自己的意义——
那句我要对她说的话。

11

我的存在的主,在我身上你的愿望满足了么?
没有服务的白日过去了,没有爱的黑夜过去了。
花儿落在尘土里也没有采集起来求你接受。
你亲手调整的琴弦已经松弛,失去了音调。
我睡在你花园的浓阴中却忘了替你灌溉花木。
时间已经过去了么,我的情人?我们已到了这游戏的终结么?
那就让别离之钟敲起,让早晨来使爱恋重新清爽。
让新生之结在新的婚证中为我们打起吧。

12

在青春的加冕典礼中，迦梨陀娑，
你登上宝座，你的爱人坐在你旁边，
在“爱”的最初的乐园里。
大地在你脚下铺上翠绿的地衣，
天空在你头上张起绣金的伞盖；
季节捧着各种魅惑的酒杯
　围绕着你跳舞，
整个宇宙把自己交付给你的欢乐的寂寥，
在你新婚洞房的无边静寂中
　不留一丝人间愁苦的痕迹。

忽然间神的诅咒从天下降
在青春的自私的无边分离上
　投掷下隔绝的霹雳。
一瞬间季节的侍奉终止了
当面纱从爱的孤独里扯走的时候，
在泪眼模糊的天空中出现了
六月霖雨世界的行列
你死别的心的悲哀的音调，穿过它，
走到一个远远的梦里去。

13

今天早晨短短的诗歌和小小的事情来到我的心头。

我仿佛在溪流上泛舟,经过两岸上的世界。

每一段小景物都叹息着说:“我走了。”

世间的苦乐,兄妹似的,从远处向我抬起他们可怜的眼光。

家庭的爱从她的屋角外窥,送给我掠过的秋波。

我用渴望的眼光从我的心窗中向着世界的心凝望。

我感到把它一切的好处和坏处算在一起,它总是可爱的。

14

你这物件的海洋，他们说，在你的幽深之中有无穷尽的珠宝。
许多在海中熟练的潜水者在寻找它们。
但是我不愿和他们一起寻求。

在你水面闪烁的光明，在你胸怀起伏的神秘，那使你波浪疯狂的音乐，和在你浪花上跳跃的舞蹈，对我已够满足了。

万一我对这些感到厌倦，我就跳进你那无穷的深处：那或是死亡，或是珠宝的地方。

15

你将在我里面像满月在夏夜中沉默地居住。
你含愁的目光将在我的游荡中看视着我。
你面纱的影子将投放在我的心上。
你的呼吸像夏夜的满月将在我梦上翱翔,使它芬芳。

16

呵,神圣的人,用你神圣摩触的光
使我们的努力成圣。
住在我们的心里,
使你伟大的形象常在我们的面前。
饶恕我们的罪恶,
也教导我们去饶恕别人。

引导我们通过一切哀乐
到达宁靖坚强的境地,
用爱感动我们
克服自身的骄傲,
让我们因着对你的皈依
放逐了一切的憎恨。

17

不停的是使天空愁倦的淋漓的雨。
可怜的是无告的人！可怜的是无家的游子！
狂啸的风在呜咽与叹息中死去。
它在无路的田野中追逐着什么飞影呢？
黑夜像盲人眼睛一般地绝望。
可怜的是无告的人！可怜的是无家的游子！
波浪在消失在无涯的黑暗里的河中猖狂。
雷在咆哮,电光在闪动它的牙齿。
星光死去。
可怜的是无告的人！可怜的是无家的游子！

18

你独自看守了一夜，你的眼睛疲倦了，可爱的人！

灯光昏淡了，在晓风中闪摇。

拭去你的眼泪，我的朋友，把纱拉上你的胸前。

秋晨是静止的，树木的芬芳在空气里，草径是爱抚般地温柔。

让可怜之夜的花环扭弯地放在床上吧。

出到这清晨的世界中，采下鲜花来兜在你裙子里，也把新蕊插在你发上吧。

19

我把我的心弃掷在世界上;你把它拣了起来。

我寻求快乐却收集到忧愁,你给我忧愁我却发现了快乐。

我的心散成碎片,你把它们拣在手里把它们穿在爱的绳上。

你让我挨户地游荡让我晓得最后你是离我多近。

你的爱使我投入深愁。

抬起头来的时候我发现我已在你的门前。

20

我的心像在雨天里的一只孔雀，
张开它那染着狂喜色彩的思想的羽毛
在它的狂欢中从天空找些幻象，——
渴望着一个它所不认识的人。
我的心跳舞起来了。

云雷隆隆地走遍诸天——
骤雨卷过地平，
鸽子在巢里静默中颤抖，
青蛙在泛涨的田中噪鸣，——
云雷隆隆。

呵，那在王宫塔上的，
那打开她浓黑的发辫，
把蓝纱挂到胸前的她是谁？
在电光的急闪中她倏然惊走
让她的黑发飞舞在胸前。

呵，我的心像孔雀般舞蹈，

雨点在夏天的新叶上滴沥，
蟋蟀的颤鸣惊扰了树阴，
河水涨岸冲洗了乡村的草地。
我的心跳舞起来了。

21

沉默的大地看着我的脸张开她的手臂围抱着我。

在夜里星辰的手指摩抚我的梦魂。他们知道我从前的名字。

他们的微语使我忆起那长长的无声的催眠歌的音调。他们把初晓光明中我所看见的笑容带到我的心上。

爱在大地的每一砂粒中,快乐在绵延的天空里。

即使化为尘土我也甘心,因为尘土被他的脚所触踏。

即使变成花朵我也愿意,因为花朵被他拈在手里。

他是在海中,在岸上;他是和负载一切的船儿同在。

无论我是什么我都是有福的,这个可爱的尘土的大地是有福的。

22

我的亲近的人们不知道你离我比他们还亲近。

同我说话的人们不知道我心中充满了你所未说出的话语。

在我的路上拥挤的人们不知道我在和你一同行走。

爱我的人们不知道是他们的爱把你带到我的心中。

23

我远远地凝望你广大空阔的深处
我找不到忧愁、死亡和别离的痕迹。
只在我转面向着我黑暗的自身
不望着你的时候，
死亡才显出它恐怖的原形
而忧愁显出了它的痛苦。
万全的你，
万物永远居住在你的脚前。
消亡的恐怖只以他无尽的忧伤依傍着我，
但是我的贫乏的羞惭
和我生命的负担
当我感到你是在我
中心存在的时候
立刻就消失了。

24

我向你请求朝觐,我的王,在你寂静的内殿里。从人群中召唤我吧。

当你的大门为一切的人开放的时候,我同扰攘的大众一同进入你的院宇,在忙乱中我找不到你。

如今夜晚了,他们提起灯笼分头取路回家,让我在这里流连一会,站在你脚前,举起灯来瞻仰你的脸吧。

25

点起你的信号灯吧，父亲，为我们这些漂泊得离你远了的人。

我们的居所是在废墟中被恐怖的渐压下来的阴影所祟扰。

我们的心在绝望的重担下下沉，当每个荣辱嘲弄我们的人格，使我们匍伏在尘土里的时候，我们羞辱了你。

因为这样就亵渎了你所付予我们——你的儿女的庄严，因为这样我们就吹熄了我们的灯，在我们卑鄙的恐惧中，就仿佛这孤独的世界是盲目而且是没有神明的。

26

但是我永不能相信说你是找不到的，我的王，虽然我们的劳苦是很深的，我们的羞辱是很重的。

你的意旨在绝望的轻纱后运行，在你自己的时代中，打开不可能的门户。

你来了，就像走进自己的家门一般，在意料不到的一天，走进不曾整备的大厅。

黑暗的废墟在你的摩触之下，变成一个花蕊被它怀中看不见的收获培养着。

因此我还有希望——不是破碎被修补，而是一个新的世界要涌现。

27

不要羞愧,我的弟兄们,当你穿着素朴的白袍站
　在骄傲的与有权力的人的面前。
让谦恭做你的冠冕,你的自由是灵魂的自由。
每天在你广大空虚的贫穷上建起上帝的宝座,
　并且知道巨大不是伟大而骄傲也不能永存。

28

你将导引我从这颗星走到那颗星，使我在爱的新晨中醒起。

是你的爱把我生命的流泉从新生海峡的迷途中引到你无边的世界里去。

你将在每一转角处以新的圆满的幻景来使我惊奇,以快乐的不朽的形象来模塑我的时光。

无限之生永不会枷锁在“不朽”的不变的桎梏上,而是迅疾地在它的爱的无尽朝拜之中,从死亡穿过死亡走到无数新的光明的龛座。

29

黑云把上面一切的光明都遮抹了;我们这些笼中的鸟叫着问你:“我的朋友,这是创世中的死的时间么?上帝把祝福从天上收回了么?”

有的时候四月的突起的风息会把希望的远香吹上我们的心头,有的时候晨光会用它的金的符咒给我们牢狱的铁槛镀上黄金,也会将明朗世界的欢欣带到我们的笼里。

但是,看呵,那边的山峰完全是黑暗的,连那削开深暗的镰月也劈不出细微的裂痕。

今天我们的锁链沉重地压在我们的脚上;天空里,连一霎能以构成喜乐幻觉的光明也没有留下。

但是不要让我们的恐惧和忧愁折磨了你,我的朋友!

不要来坐在我们的笼前和我们一同叫唤。

你的翅膀没有被系住。

你远远地离开我们飞出云外吧。

从那里你在诗歌中给我们送来消息:

“光明永远在照耀。太阳的灯并没有熄灭。”

30

仗打过了。在争夺和挣扎之后财宝都聚敛起来也收藏起来了。
现在来吧，女人，带着你的美的金瓶来吧。把尘秽洗净，裂缝补完，使这宝堆又美又好。
来吧，美丽的女人，把金瓶顶在头上来吧。

戏演完了。我已经来到村里安起炉灶了。
现在来吧，女人，带着你的圣水瓶来吧。以你的静笑和热诚使我的家门清净吧。
来吧，高贵的女人，带着你的圣水瓶来吧。

早晨过去了。日光炎灼。漂泊的行人寻求着荫处。
来吧，女人，带着你满盛甜柔的水瓶来吧。开启你的门，送他一串欢迎的花环请他进来。
来吧，有福的女人，带着你满瓶的甜柔来吧。
一天过去了。道别的时间到了。
来吧，呵，女人，带着你满盛眼泪的瓶儿来吧。让你含愁的眼睛，在别离的道路上流注着柔光，你手的微颤的抚触，使别离的时间圆满。

来吧，忧愁的女人，带着你的泪瓶来吧。

夜是黑暗的；屋寂床空，只有那最后道场的灯还在燃着。

来吧，女人，带着你的满盛记忆的瓶儿来吧。披着飘扬的散发，穿上纯净的白衣，开启密室之门，添满礼拜的灯盏吧。

来吧，痛苦的女人，带着你的满盛记忆之瓶来吧。

31

爱,你以死亡的庄严使我的生命伟大,你用告别的灿烂的光彩染遍了我的思想和梦魂。

那晶莹的泪浣的明光在生命最后的日落之点呈现,乐园的暗示从爱的星空降下亲吻的火焰照亮了我们大地的忧愁,在一个全力消烬的炽热狂欢之中,使他们的终结灿烂辉煌。

爱,你使生和死对我是一个巨大的奇观。

32

像温柔的黄昏把昏暗白日的疲劳的损伤消耗的痕迹,笼盖在它暗纱细褶之中,仍让我为你的损失而生出的深愁,我的爱人,在我生命上展开一幅黄金染透的忧伤的沉默。

让它的一切残缺的碎片和弯曲,一切无意义的散掷的断屑残骸和杂乱的废墟,消失在因你的记忆而宁靖的有些夜晚的阔大中,充满着痛苦宁静合一的无边共鸣里。

33

通过死亡与忧伤
和平居住
在“永在”的心中。
生命的流水不断地奔注，
日色与星光
携带着生存的微笑
春日携带着它的诗歌。

波起复落
花开又残
我的心渴望复归原地
在那“无尽”的脚边。

34

夜临到我身上。

我的终日游荡的愿望又回到我的心中,像静夜气氛中的海的微语。

黑暗中我的屋里点着一盏孤灯。

沉静在我的血液里。

我合上眼睛在我心中我看见了万象之外的美。

35

我的生命中充满了什么曲调，只有我和我的心知道。

我为什么守候,我向谁求什么,只有我和我的心知道。

清晨像一位朋友在我门前微笑，夜晚像一朵花在树林边降落。

琵琶的乐音早晚在空中浮动，它把我的心思从工作上引走。

这是什么调子,到底是谁在弹,只有我和我的心知道。

36

当我来求乞的时候你把我回绝了，你做得好。
在你道别的眼光中我看到了一丝微笑；从那时起
我得了教训。我砸碎了我行乞的旧钵，
我等待机会把我所有的给人。

从早晨起群众就聚集在你门前。
让他们的需求得到满足吧。当黑夜来临
他们散了，呼声沉寂了；当星辰仿佛在倾听
他们生前时代的史诗，——
新生的光明和古代黑暗的斗争，——
我带着渴望的献礼来到你脚前：
“把我的笛子拿在你手里吹吧，主人。”

37

在我的血液里我感觉到你隐约的蒙住的足音，
　“永动的过去”呵，
在喧哗的白日中
我曾见过你沉寂的面容。

你曾来到用看不见的笔迹在我们命运的书页上
　写出我们祖先未写完的故事。
你把被忘却的描塑新形象的图案
引回到生命之中。

那不宁的“现在”它本身不就是你自己的一群幻
　象
像一天星宿从无限的沉默的天空飞了起来么？

38*

我能生在这一片土地上，因此我有运气去爱她，我是有福的。

即使她不曾拥有王室的珍宝，但是她的爱的活财富对我就够宝贵的了。

对我心的最好的芬香礼物就是从她自己的花朵中来，我也不知道还有何处的月光能用这样的美妙来泛滥我的心身。

呈现在我眼中的第一道光辉是从她自己的天空来的，让这光辉在我眼睛永闭之前再亲吻它们。

* 这一首和以下的六首歌曲是诗人在孟加拉自治运动期间写的。

39

洪水,至终,涌上你枯干的河床。
呼唤船夫,
割断绳索,
放下船去吧。

拿起你的桨来,我的伙伴,
你的债负越来越重了。
因为你只在码头上游疑不决地做买卖,
把光阴都虚度了。
拉起锚来,
撑起帆来,
什么都不要管吧。

40

如果他们不响应你的号召自己走开了，
如果他们害怕，无言地畏缩着面对着墙，
呵，不幸的你，
敞开心怀独自发言吧。

如果他们在穿过旷野时自己走开，背弃了你，
呵，不幸的你
把荆棘踩在脚底，沿着血迹独自前进吧。

如果当风暴惊扰之夜
他们不举起灯来，
呵，不幸的你，
用痛苦的雷焰焚灼你自己的心
再让它自己燃烧吧。

41

他们说你疯了。沉默着等待到明天。

他们向你头上抛掷尘土。等待到明天。他们会向你献上花环。

他们远远地坐在高位上。等待到明天。他们会走下还低下头来。

42

也许你所爱的人们会抛弃你,但不要介意,我的心呵。

也许你希望的蔓藤会折断落在土里,它的果实都无用了,——但是不要介意,我的心呵。

也许在你到门以前黑夜会赶上你,你想点灯的尝试都落了空。

当你的琴儿弹出音调,山鸟野兽都成群地围绕住你。也许你的弟兄们还是不受感动,但是不要介意,我的心呵。

墙壁是石头砌的,门也闩上了。也许你敲了又敲,可是它不开启,——但是不要介意,我的心呵!

43

让我祖国的地和水,空气和果实甜美起来,我的上帝。

让我祖国的家庭和市廛,森林和田野充盈起来,我的上帝。

让我祖国的应许和希望,行为和言语真实起来,我的上帝。

让我祖国儿女们的生活和心灵合一起来,我的上帝。

44

我们的航程开始了，船长，我们向你鞠躬！

风涛狂啸，浪头犷暴，但是我们行驶下去。

危险的恫吓在路上等待着奉献给你他的痛苦的礼物，在风暴的中心有个声音呼叫:"来征服恐怖吧!"

让我们不要迟疑着去回顾那些落后的人，或以恐惧和顾虑来使警醒的时间麻痹的人。

因为你的时光就是我们的时光，你的负担就是我们自己的负担，而生和死只是你游戏在生命的永存之海上的呼吸。

让我们不要在挑选微小的帮助和慢慢地挑数朋友上枉费心思吧。

让我们首先懂得你是和我们在一起而我们永远是你的。

45

仅为了一个“无物”使我充满了喜乐。只把我的手握在你手里。

在渐深的夜里请拾起我的心来随意戏弄。用“无物”把你我束紧。

我将把自身展布在你脚下静静地躺着。

在天空下我将以静默迎接静默。

我将与夜合一,把大地抱在胸前。

使我的生命为“无物”而喜乐。

雨从这天边洒到那天边。

在乱吹的湿风里茉莉在自己的芬芳中沉醉。

隐在云里的星辰在秘密中喜颤。

让我不用别的只用我自己的甚深的喜乐把我的心斟到满溢吧。

46

我在我的琴弦上反复寻求能和你和鸣的音调。

晨兴和水流是简单的,叶上的露珠,云霞的颜色,江岸的月光和中夜的阵雨都是简单的。

我为我的歌曲寻求了像它们这样简单而饱满,新鲜与生命齐流,与世界同寿而人人都晓得的音调。

但是我的琴弦是新调的,它们充满了像矛头一样的高亢尖锐。

因此我的歌曲从来没有风的神韵,从来不能与星月交辉。

我的努力真是个努力,我的烦躁的调子竭力想来淹没你的音乐。

47

让我在完全的喜乐里躺卧在你脚凳边的地下。
让我的衣袍被你用脚踩踏过的平凡的泥土染得通红。
不要把我安置在他人之上；不要把我从众人中分开。
把我拉下到甜柔的卑贱里。
让我的衣袍被你用脚踩踏过的平凡的泥土染得通红。

让我做你所有香客中最末的一个；我将努力达到那最低微而也是最宽阔的地位。
他们从四方来到,从你手中请求礼物。
让我等到他们都拿到自己分内的；最后剩余的东西也会使我满足。
让我的衣袍被你用脚踩踏过的平凡的泥土染得通红。

48

黑纱遮盖的六月又来到了
润湿的泥土芬香了；
我的变成忧倦衰老的心响应了奔云的呼唤，
被生命的突起的扰乱压倒了。

阴影掠过广大寂寥的
牧场上的新绿；
我的血液同这呼唤一起涌起：
它来了,来到了我的眼里,来到了我的胸中，
来到我喜乐歌唱的声音里。

49

我们的主人是个工人,我们和他一同工作。

他的快乐是热闹的,我们和他一同欢笑。

他敲着他的鼓,我们行进。

他唱着歌,我们应节舞蹈。

他的游戏是生和死。我们以哀乐为孤注和他一块游戏。

他的召唤像雷响;我们就飞越海山去奔赴。

50

太阳照射，阵雨倾注，
密叶在竹林中闪光，
空气里充满了新犁过的泥土的香味。
在我们从早到晚辛劳耕地的时候，
我们的手有劲，我们的心欢悦。
诗意在牧场边摇曳的韵律中舞蹈，写出它的一
　行行的绿的诗句，
在丰熟的稻田上遍洒颤跃的浪花。
大地的心在充满阳光的十月，
在无云的满月之夜是欢乐的，
当我们从早到晚辛劳耕地的时候。

51*

你是一切人心的统治者，
你印度命运的付予者。
你的名字激起了
旁遮普，辛德，古甲拉特和马拉塔，
达罗毗荼，奥利萨和孟加拉的人心。
它在文底耶和喜马拉雅山中起着回响，
掺杂在朱木拿河和恒河的乐音中，
被印度洋的波涛歌颂着。
他们祈求你的祝福，歌唱你的赞颂，
你印度命运的付予者，
胜利，胜利，胜利是属于你的。

你的声音日夜从这地走到那地，
召唤印度教徒，佛教徒，锡克教徒，耆那教徒，
和袄教徒，伊斯兰教徒，基督教徒
来围绕在你的座前。
从东陲到西极向你龛前敬礼

* 这首歌曲在印度独立后被选为国歌。

来编成一串爱的花环。
你把一切人的心融合成一个和谐的生命。
你印度命运的付予者，
胜利，胜利，胜利是属于你的。

永在的驭者，你驱驾着人们的历史
在崎岖的邦国兴亡的路上行走。
在苦难与恐怖中间
你的号筒吹起，来激发那些低头绝望的人们，
在探险与朝贡的路上引导他们。
你印度命运的付予者，
胜利，胜利，胜利是属于你的。

当凄寂的长夜积压着幽暗
土地昏迷地僵卧着，
你的母爱的手臂围抱着她，
你的清醒的眼睛俯在她脸上，
直到她从压在她心神上的沉黑的噩梦中被救起，
你印度命运的付予者，
胜利，胜利，胜利是属于你的。

夜渐明了，太阳从东方升起，
群鸟歌唱，晨风带来了新生的兴奋。
承受了你爱的金光的摩抚
印度苏醒起来，低头伏在你的脚前。
你万王之王，

你印度命运的付予者，
胜利，胜利，胜利是属于你的。

52

你的财富是无限的,但是你自愿零碎地接受,通过我从我的一双小手中接受下来。

这就是为什么你以你的财富使我富有而且虽然我的门是关着的,你还亲自来到我的门前。

你不肯骂你那比思想还迅疾的车辇，但是你自愿下到尘土里同我一步一步地走着。

53

我知道有一天我的荆棘会戴上花朵。

我知道我的忧伤会伸展开它的红玫瑰叶子，把心开向太阳。

那天空在郁闷的日日夜夜里所守望的南风会忽然地使我的心震颤。

我的爱会在瞬息中开花；当这花结了果可以供献的时候我将不再羞惭。

夜阑时候，在我朋友的摩触之下，它将落在他的足旁，快乐地散掉它最后的花瓣。

54

我的心被你诗歌的火焰点着。

它无限度地蔓延。

它跳舞着在空中挥动着手臂，把死亡和腐朽烧掉。

静默的星辰从黑暗中看视着。

沉醉的风从四面向它涌来。

呵，这把火，像一朵红莲，在夜的心中展舒着花瓣。

55

你又在突起的风暴中向我走来，
用阴云的颤抖塞满了我的天空。

太阳既起，星辰消失；
道路的红迹吞没在雨雾之中；
隔水传来了风的怒吼。
不时的阵雨，像幽灵的手指，弹着那看不见的琴弦，
唤醒了黑暗的音乐，
以音响的颤抖来袭击我的心。

56

他来了,右手执剑,左手拈花。
他闯进你的门来。
他来不是求乞而是战斗和征服。
他闯进你的门来。
他穿过死亡的道路进军到你生命之中。
他夺取了你的一切所有,永不以取得部分为满足。
他闯进你的门来。

57

饶恕我的软弱吧,呵,主人,
如果在生命的道途上
　我竟拖落在后面。

饶恕我的烦苦的心
那颗在工作上
　颤抖而又踌躇的。

饶恕我的溺爱
　那浪掷它的资财
在无利可获的“过去”上的。

饶恕我的这几朵
　奉献的残花
那在渴望时间的酷热中
　枯萎了的。

II

58

香客呵，忧倦的旧的年夜已经过尽了。
火灼的太阳在你的道路上带来了破坏者的召唤，
那为过去的不洁而降下的严酷的天灾。
淡淡的一线远野延展在路边
像乞丐的独弦琴上的微音
在寻找他迷失的道路。

让路上的灰尘
把你抱在她臂里，
把你从纠缠的反抗的掌握中带走！
家庭的音乐，
夜晚的灯光，
企待的情人的望眼都不是为你的。
你像是要求那在生命中
既非快乐又非宁静或慰安的赏赐，
因此你到了家家户户都拒绝你的时候。
那残酷者来了，——
你的门栓和栅栏都断毁了，
你的酒坛砸碎了；

握着你所不认识的人的手
又不敢动问。
不要怕吧,香客呵!
不要从真理的恐怖前面走开,
不要怕那“不真”的幻影,
从夺取你的一切所有的人那里
领取你的最后的礼物吧。
旧的夜晚过尽了么?
那就让它过尽了吧!

59

你的召唤飞越世上所有的国家
人们都聚集在你的座前。
　这个日子来到了。
　但是印度在哪里呢?
她还是藏起来,拖在后面么?
让她背起她的负担和大家一同前进吧。
传给她,万能的上帝,你的胜利的消息,
　呵,永远觉醒的主!

那些向痛苦挑战的人已经穿过那
死亡的荒郊而且已经打毁
他们的幻想的牢狱。
　这个日子来到了。
　但是印度在哪里呢?
她的倦怠的手臂是空着的抱愧的
她的日日夜夜是无益的,没有生命的快乐。
用你的生气接触她吧,
　呵,永远觉醒的主!

新时代的朝阳已经升起。
庙堂里挤满了香客。
　这个日子来到了。
　但是印度在哪里呢？
她在屈辱中躺卧在尘埃里，
她的座位被掠夺了。
把她的羞耻抹去，在你人民之宫里给她一个席次吧，
　呵，永远觉醒的主！

世界的大路是拥挤的，
回响着你车辇的隆隆的轮声。
行路者的歌声震动着天空。
　这个日子来到了。
　但是印度在哪里呢？
她敝旧的家门关闭着，
她的希望是微小的，她的心沉没在静默中。
把你的声音传给她沉默的儿女吧，
　呵，永远觉醒的主！

在那里的是在他们的血液和筋腱里感到了
你的力量而且已经
赢得了生命的满足，
征服了恐怖的人们。
　这个日子来到了。
　但是印度在哪里呢？

在她自疑与失望中予以打击吧！
把她从追逐自己的阴影的恐怖中拯救出来吧，
　呵，永远觉醒的主！

60

从战胜到战胜他们驾着车辇辗过大地的撕裂的胸膛。

在他们周围时间的脚声被掩住,脚步也迟缓了,鸟的歌声被围困在黑夜的胸怀里。

灌醉了红红的火焰他们的火炬散射出强光像一朵骄傲的莲花飘浮在碧空,众星像着魔的群蜂俯在上面。

他们夸耀说,天空里不灭的光明哺养着他们高举的火焰,直到它征服了黑夜,赢得了黑暗的郁怒沉默的顺从。

钟声响起了。

他们惊起却发现他们睡着了,梦想着财富和肮脏的权力妄想篡夺神的庙宇。

新的一天的太阳高照在夜的爱的弃让上。

火炬被它的灰烬像尸布般掩盖着,天空响着欢庆的声音:

“胜利归于大地!胜利归于上天!

胜利归于征服一切的光明!”

61*

你把生活的权利给了我们。
让我们全意全力地来保持这个光荣；
因为你的荣耀是寄托在我们的生活上。
因此在你的名义下我们反抗那想把它的旗帜插
　在我们灵魂里的权力。
让我们知道你的明光在忍受侮辱束缚的人的心
　里会变成昏暗，
当生命变成懦弱的时候，它畏怯地把你的宝座
　让给“不真”，
因为怯弱是出卖我们灵魂的叛徒。
让这个作为我们对你的祈求吧——
给我们力量去反抗逸乐，在它奴役我们的时候，
向你举起我们的忧伤如同夏天把握它的中午的
　太阳。
使我们坚强，使得我们的礼拜在爱中开花，在工
　作中结果。

* 这首诗的题目是“印度的祈祷”，是在一九一七年印度国大党加尔各答支部开会时写的。

使我们坚强，使得我们不去嘲侮那软弱和跌倒的人，
使我们当周围一切都向尘土献媚的时候高举起我们的爱。
他们为自爱而争斗杀戮，却把名义归给你，
他们为争吃弟兄的肉而哄斗，
他们和你的义怒争战到死。
但是让我们牢稳地站住坚强地忍受
为着真，为着善，为着人的永存性，
为着你的在人心合一中的天国，
为着那灵魂的自由。

62

我将不守在屋里等候你的来临，
但要走出到空旷的地方，
因为花瓣从残花上零落，时光飞向它的尽头。
风乍起，水吹皱了。
快快地割断绳索，
让船儿飘上中流吧，因为时光飞向它的尽头了。

夜是苍白的，寂寞的月亮划着它的梦舟横渡天空。
这段航程是陌生的，但是我不介意。
我的心有一对自由的翅翼
我知道我将穿过黑暗。
就让我启程吧，因为时光飞向它的尽头了。

63

呵，我的孩子，我的小湿婆天，
忘我的，
在你狂舞的每一步伐中万物动摇而崩陷，
你聚敛的东西都散掷了，
一阵破坏的旋风
把你踩碎的玩具的屑片扬到空中。
从荒凉到荒凉
你的世界得到它的解脱；
你的游戏的泉水永远流穿你的玩具的裂缝；
在缺憾中欢乐
你用零件建造出你的创作，
紧接着只为一个任性
又把它忘掉；
以天空为你的衣袍，
你从身上抛掉了一切的衣服。
在你身中隐藏着财富
你住在一个完全没有耻辱、卖弄和自私的世界里，
在永不会使你困穷的贫乏中，
尘埃也不会玷污了你的纯洁，

你自己舞蹈的飞掠
永远把自己拂拭得雪白。
呵,湿婆天,这婴孩,
你认我为你的情人,
你的舞蹈的生徒,
请教我以不羁的智慧,
和破坏玩具的游戏,
教我怎样引导我的步伐
来应赴你的脚拍,
怎样撕裂我们自己织成的网束来自由地活动。

64

我不记得我的母亲，
只在我游戏中间
有时似乎有一段歌调在我玩具上回旋，
是她在晃动我的摇篮时候所哼的那些歌调。

我不记得我的母亲，
但是当初秋的早晨
合欢花香在空气中浮动，
庙里晨祷的馨香向我吹来像母亲一样的气息。

我不记得我的母亲，
只当我从卧室的窗里外望悠远的蓝天，
我觉得我母亲凝注在我脸上的眼光
布满了整个天空。

65

你问我,母亲,我最喜欢到哪里去。我最喜欢的地方是我的来处。但是我总记不起那个地方。

我的父亲对我的窘惑微笑地说:"那地方是远在云外,在晚星之国里。"

但是我也听你说过,那是在地心的深处,从那里花朵出来寻找太阳。

"那地方是看不见的,"我的阿姨说,"在海底下,在它的金库里收藏着许多珠宝。"

我的哥哥揪着我的头发说:"你怎能找到呢,你这傻子,因为它是和空气掺和在一起。"

我听你们大家的说法,似乎这地方到处都是。

只有我的老师摇着头说——"这地方哪里也不是。"

66

无情的火闪刺向天心引起一阵干渴的剧痛。
夜是无眠的，白日是悠长疲倦，因着炎热而焦躁。
在枯萎的枝后我听见乏倦的鸽子低唱着可怜的调子，
我凝注天空等候那胜利的风雨
用它的爱抚来泛滥这渴望的大地。

来吧，解渴的水！
以流动的狂欢倾盆而下，把死硬的心胸撕裂！
以涌溢的泉流从神秘的黑暗中跳出，——
来吧，纯洁的你！
太阳等着来欢迎你，因为你是他的游伴。
他的光明的抒情诗唤醒你心中的金色的诗歌。
来吧，光辉的你！
那沙漠的恶魔对你施了什么符咒，
用他的石枷把你囚禁起来呢？
打破你的狱墙；和你的洪涛一同
自由地舞踊着奔来吧。
来吧，坚强的你！

67

我的心为着我在这光明和生命世界
上的地位的奇妙而歌唱；
为着在我的脉搏里的，创造的节奏
因无穷时光的摇曳变成韵律的感觉而歌唱。

我在林中散步感到了芳草的温柔，
路旁的花朵使我喜悦：
就是无穷的赐予是散播在尘土里
在惊奇中唤醒了我的诗。

我看见过，听见过，生活过；
在知识的深处曾觉到
那高过一切的真理，
它以惊奇充满了我的心，我就歌唱。

68

你喝过我替你倒出的
诗歌的药汁，
接受过我的梦想织成的花环。
我的在荒野漂游的心
永远因你的亲手摩触而感着痛苦。

当我的日子终结了，我的别话
在最后的静寂中沉没了，
我的声音和我们已曾相逢的消息
将在秋光
和湿云里回旋。

69

我把写出我的秘密的情歌送给你无定的心灵
我感到羞怯,恐怕它的
意义和韵调被忽略了。

我要等到那个同情的夜晚
一段幸运的时间,
你的眼光沉浸在温柔的朦胧之中,
我的声音在真理的
深深宁静中达到了你。

我要从我的低语中把我的秘密
在你心的寂静的一角
转来转去,
就像蟋蟀在寂静的娑罗树丛中
夜的珠串里
旋转它的唧唧的单音的念珠。

70

饶恕我,未来的一世纪的姑娘,
如果在我的自傲中,
我幻画出你在读我的诗,
月亮同时也用沉默的细雨洒满我的诗句的空隙。
我似乎感觉到你心的跳动,也听到你的低吟:
"如果他今天还活着而且我们遇到了,他会爱我的。"
我知道你对你自己说:
"让我只在今夜在我的凉台上为他点上一盏灯吧,
虽然我晓得他永远不会来。"

71

在海岸上半睡着,你恐惧那
飓暴的声音
当他在你耳边震响出他的“不”。
你们曾彼此相告
说海岸有它的财富,
房屋有它的舒适,
当时飓暴忽然咬着他的发光的牙齿
怒吼着说“不”。

但是我使飓暴成了我的伙伴
我离开了我的海岸,
我的船在海上颠簸。
我信任了那可怖者,
把他的呼吸吹涨了我的帆
把他的保证充满了我的心,
说海岸就在那边。
他向我叫:“你是流浪的
就像我还是我自己一样,
胜利属于你了。”

东西都破成碎片
随风四散，
怯弱者在绝望中悄悄地说
“末日到了。”
飓暴叫着说:“只有那完全交付的
才能保存。”
信任着他我向前行进，
当波涛卷走那积蓄的东西的时候
我也没有回顾。

我把旅行者的笛子
和着他狂笑的调儿吹起，
它唱:和欲望的魅惑，
和坚牢的枷锁，
和旧日的成就
和无谓的希望一齐走吧。
为你的鼓儿学习那
惊涛拍岸的舞蹈音节。
和贪婪与恐怖
和奴隶举着的暴君的旗帜
一同走吧。
来吧,神圣的破坏者，
把我们从家门，
从安全好走的路上赶走。
和你的死亡的振翼之声一同来吧，

把你怒吼的“不”散布在风中吧。

没有安息,没有疲倦,
没有压在头上的软弱。
敲破打开吝啬者的门扉。
散掷那灰暗发霉的囤积,
丢弃那寻穴藏的“不自信”,
让你的号筒在风中宣扬
你的怒吼“不”吧。

72

女人,你曾用美使我飘泊的日子甜柔,
也曾用纯朴的恩慈接受我到你近边
就像那不相识的星星用微笑欢迎了我
当我在凉台上独立凝望着南方夜晚的时候。

从上面来了一个声音:“我们认得你,
因为你像我们的从无限的黑暗里来的客人,光明的人客。”
在这个伟大的声音中你还向我呼唤:“我认得你。”
即使我听不懂你的语言,女人,我却曾在你音乐中听出,——
“在这世上你永远是我们的客人,诗人,爱的客人。”

73

一具动物的骸骨惨白地躺在草上。
它的枯干的白骨——“时间”的冷酷的笑——对
　我叫：
你的结局,骄傲的人,是和不再吃草的牛一样,
因为当你生命的酒已经倒到最后一滴
酒杯就在最后的无留恋中被抛弃了。
我叫着回答:
我的生命不只是那用破产的骨头
来付那膳宿费以至弄到贫穷。
我有生的一天永不会被
我所想到感到,获得和施与,
听取和说出的所填满。
我的心念常常越过“时间”的边缘,——
它会最后永远停止在碎骨的边界么?
血肉永不能衡量那就是我自身的真理;
日子和时刻不能以他们经过的蹴踏使它朽腐;
那路旁的强盗,尘土,不敢抢夺它所有的财产。
死亡,我拒绝从你接受
说我只不过是上帝的一个巨大的玩笑,
一个用“无限”的一切财富构成的
空白的灭绝。

74

她把微笑的花朵留下给我
　拿走了我的痛苦的果实。
她拍手笑说
　她赢了。

正午有一双疯人似的眼睛，
　血红的干渴在天空发狂。
我打开篮子发现
　花儿枯死了。

75

不要叫他到你家里去，
那在夜里
在你路边独行的梦想者。
他的话语是异乡的口音，
在他的单弦琴上弹出的调子
是陌生的。
你不必为他铺设座位；
天明前他将别去。
因为他是被邀到
自由的宴会上去歌颂
那新生的光明的。

76

节日音乐的琴韵
飘浮在空气里。
这不是我静坐深思的时候。
合欢花枝为着
花时已近的兴奋而颤摇，
露的抚摩覆盖着林野。

在林径的仙网上
光和影互相感受着。
长长的草在它花朵里把笑浪送上天空。
我凝望天涯，寻觅着我的诗句。

77

那在你里面忧伤着渴望光明的
囚徒是谁呢？
他的琴儿无声，
虽然生命的气息在空中流转；
他视而不见，
虽然晨光照亮了天空。

鸟儿对树林唱着新的醒觉之歌，
新生的喜乐在花光中迸发，
墙外的黑夜已经消沉，
但是冒烟的灯仍在狱中燃着。
呵，为什么在你家庭和天空中间
有这样的间隔呢？

78

不要惧怕,因为你将征服,
你的门将要开启,你的枷锁破裂。
你常在睡梦中忘了自己,
但是还必须一再地找回
你的天地。
从天上,地下,人间都传来号召,
号召你歌唱快乐和悲哀,
羞辱和恐怖。
叶子和花儿,
和下落流走的水,
请求你的音调和它们的音调和鸣,
黑暗与光明
在你诗歌的韵律中颤动吧。

79

晨光为离愁而悲痛。
诗人，拿起琴来吧！
就这样吧，若是你必须离开，就走吧，
把你的歌在滴露的秋天中留给花朵。
这样的早晨还要从
东方金灿的天边
髻上插着素馨花来到。
在花园的荫径上，因着鸽唱而倦慵，
因着绿意的爱抚陶醉而温柔，
这光明的幻象又将升起，
她的脚步铿锵着你自己的诗歌的足镯。
就这样吧，若是你必须走开。

80

以那在“美”的溪流中潺湲的彩色来
填满你的眼睛，
你想捉住它的企图是枉然的。
你用愿望去追逐的东西是幻影，
那激动你生命的琴弦的是音乐。
群仙聚会处所饮的酒是无质无量的。
它是在急流的溪中，
在开花的树上，
在黑眼角上跳动的微笑里。
在自由里享受它吧。

81

你是我生命海岸上一丝破晓的金色的微光，
第一朵洁白秋花上的一滴珠露。
你是俯在尘土上的
远天的一弯虹彩，
一个烘托着白云的
新月的梦，
你是偶然向世间呈露的
一个乐园的秘密。
你是我的诗人的幻象，
从我忘却的出生的日子里
显现出来，
你是永不为言说而有的言语，
是以枷锁的形象来到的自由，
因为你为我开启了门户
进到活生生的光明的美中。

82

我永远四出寻找我的自身；
但我怎能认出
那以变幻的形象和外表
在梦中飞掠的流浪者呢？

我常在我自己诗歌的心中，
倾听着它的声音，
但永不知道它住在哪里。

时间过去，光影暗却，
从一个行人的琴上
别离的调子荡漾在晚风中。

83

我有过什么功劳得此厚赐,
呵,美丽者,
我这曾在你颈上的花环里有过地位的小花?
那一天,新醒的大地的眼睛是喜悦的,
那笛子,在永新的摩触下,
发出初晓的音乐。
如果这小花在鸟声渐倦的
日暮的时光
萎落在地上,
就让晚风把它吹走,
跟着你走去的脚踪越过黑暗,
不要让它在不留意的时光
被残踏在尘埃里吧。

84

到大气中去感受你的解脱吧，
呵，鸟儿，
不要让你的翅翼变成怯弱。
不要屈服于窝巢的魅诱，
和黑夜的魔力。

难道在你睡觉的时候没有觉到
在你梦中低吟的密愿
和在黎明的企望的黑暗中，
像从花蕊脸上揭开面纱似的
呈露了沉默的应许么。

85

我曾在路上吹笛，
我曾在你门前歌唱。
我曾在你庙宇的装点着无尽形色的影壁前
献上我的歌颂。

今天处处向我传来了
谈到终局的话语。
他们叫我打开路途的关锁，
穿过重叠无尽的相会与别离
去到朝拜的更远的海岸。

86

让我镣铐的链环随着你的每一舞步作响，
呵，舞蹈的神，
让我的心在永生声音的自由中醒来。
让它感到那永远使诗神莲座采曳的脚步的接触，
以它的香气薰狂了世世代代的气氛。
在你舞拍之下叛逆的原子驯伏成了形象，
太阳与行星——光明的脚镯——在你移动的脚边旋转，
而且，世世代代地，万物挣扎着要从黑暗的酣睡中醒来，通过生命的痛苦，进入自觉，
你的极乐的海洋涌出苦痛与欢喜的喧哗。
在我离开以前，私下里以你的颜色染上我的心，
那青春微笑的颜色，眼泪里含着万古忧愁的颜色。
让它染着我的思想，我的行为，我的夜灯的火焰，
和我中夜觉醒的时间。
在我离开以前，将我的心和你旋舞的脚步一同

举起，
这是把星辰从深夜唤醒，
从石窟中释放出流泉，
把声音在雷雨中交给云雾的旋舞，——
这是使生存中心的持平，在运动的无尽循环中
摇曳的旋舞。

87

早冬在中夜星辰上
展盖着她的轻纱,
召唤从深处传来,
“人呵,拿出你的灯来吧。”

树林里空无花朵,
鸟雀停止了歌唱,
河畔的草落了繁花。

来吧,底瓦里①,从孤寂的黑暗中
唤醒隐藏的光焰,
向永远的光明献上交响乐的颂赞吧!

星光暗去
遥夜不欢,
召唤从深处传来,
“人呵,拿出你的灯来吧。”

① 灯节。

88

世界今天为仇恨的昏愦而疯狂，
冲突是惨酷而苦痛无边的，
它的道路弯曲，它的贪心的束缚是纠缠的。
一切生物都呼吁着你的新生，
呵，无穷生命的你，
拯救他们，发出你希望的永在的声音，
让含着无限的蜜的财富的爱的莲花
在你的光明中展开花瓣吧。

呵，庄严，呵，自由，
在你无量的慈悲与善良里
从这世界的心上拭去一切的黑点。
你，不朽礼物的赐予者
给我们以弃绝的权力
向我们取回我们的骄气。
在晓日初升的智慧的光辉里
让盲者复明
让生命投入那死去的灵魂吧。

呵,庄严,呵,自由,
在你无量的慈悲与善良里
从这世界的心上拭去一切的黑点。

人的心因着不安的烦热,
因着自私自利的鸩毒,
因着不知终止的饥渴而痛苦。
广大的国家都在他们额上
点上血红的仇恨的记号。
用你的右手摩抚他们吧,
使他们在精神上合一,
把和谐与美的韵律,
带进他们的生活里吧。

呵,庄严,呵,自由,
在你无量的慈悲与善良里
从这世界的心上拭去一切的黑点。

89

为什么剥夺了我的做女人的权利，
我的命运！
那用我自己强大的力量
勇敢地去征服最好的生命奖赏，
而不望空凝想，
等待那偶然向我漂来的机会
挟带着那忍耐的忧郁日子的
枯萎的果实？
无情地把我送到防范森严的
营寨后面的珍宝那里去吧，
把我的一切作孤注一掷的冒险。

我决不要钏镯轻响地
在幽暗的黄昏中
悄悄地进入洞房，
但要不顾一切地
奔向爱的决死的冒险，
在那汹涌的海边，
在那里它的风暴的狂热将揭走

我脸上的羞缩的处女的面纱，
在海鸟不祥的尖叫声中
我的呼唤能传到我的勇士那里——
你是我一个人的。

90

我俩深深地躺在睡梦的幽暗中；
觉醒的时间到了
等待你最后的一句话。
转过脸来朝着我吧
用你含泪的秋波
使离愁永远美好。

早晨将和它的晨星一同出现
在寂寞的遥空。
别离之夜的忧伤已被俘缚在我的
　毗那琴弦上，
爱的失去的光辉将留织在我的幻
　象里。
用你自己的手打开那走向
最后的别离之门吧。

91

把那荣福的名字再带给这个国家
就是那使你降生之地对万方都是圣洁的名字!
让你在菩提树下的大觉功德圆满,
把不合理的面纱拉走
而且,在一个被忘却的残夜
让你的记忆在印度新鲜地开花!
把生命带给痴呆的心灵,
你生命的明光!
让空气因你的灵感而有了活力!
让关锁的门户开启,
嘹亮的法螺在婆罗多[①]门口宣布
你的降临。
通过亿万的声音
让不可限量的爱的福音
　宣传你的号召。

① 即印度的古称。

92

我又在夜阑醒起，
世界又正在展开它所有的花瓣，
这是个无尽的惊奇。
巨岛还没有命名就沉入深渊，
星辰的最后一闪的微光也被掠夺，
数不尽的世代都失掉了它一切的载负。
世界的征服者也消失成
暗淡故事后面一个名字的影子，
伟大的国家建起了胜利之塔
就像向饥不可遏的尘土献祭。
在这一堆弃掷的东西里
我的额头接受了光明的净化，
这是个无尽的惊奇。
我和万千星斗又一天地和
喜马拉雅峰一同站立。
我在这里，就是那在波涛汹涌中
“恐怖”的狂舞与他的喧笑合拍的地方。
在这上面，世纪发出光来又消沉下去
皇冠像浪花一样只把他们的署名遗留在这老树

皮上，
在这里,我又一天的被允许坐在它的古老的荫
下，
这是一个无尽的惊奇。

93

从远处望你
在你神秘的恐怖的威严中你似乎很巨大。
怀着狂跳的心我站在你面前。
你的皱眉预示着恶意
忽然在咆哮中落下
轰隆的一击。
我的骨头碎裂了，
我低头等待
那最后狂暴的来临。

它来了。
我奇怪，难道这就是全部的威吓么？
你高举着武器
看去非常的魁梧。
你下到我匍伏的地上
来打击我。
你忽然变小了
我站立了起来。
从那时起我只有痛苦

却没有恐怖。
你像死亡那样伟大，
但是你的受害者比死亡还伟大。

94

我的心悠然地随着在远空下的莲花河[①]一同曲折流走。在她的对岸上伸展着沙滩，与世无关地，在它庄严的荒芜中目空一切。

在这边护杂着竹子，芒果树，老榕；倾颓的茅舍；巨干的莲叶桐；池坡上的芥园；沟径边的甘蔗田；依恋着静寂时光的蓝靛园的断垣，一行行的木麻黄日夜地在废园中低语。

宗室的人民们住近这分裂成“之”字形的崎岖的岸上，给他们的山羊开出一处小小的牧场；在旁边的高地上，市场仓库的波浪形的屋瓦，不住地向太阳瞪视。

整个村庄颤抖地站着，畏惧这无情的河水。

这条骄傲的河在古书上有她的名字；在她的血管里奔泛着恒河的圣流。

她总是冷冷淡淡的。她没有承认而只是容忍了她的两旁的房地；她的威仪中反映着山岳庄

① 莲花河是恒河穿过孟加拉这一段水流的名字。诗人在他的早年常常在莲花河上泛舟，看望他的家园。

严的沉默与海洋广阔的寂寥。

有一次我找到她幽僻处的一个小岛的坡上系住了船，远离一切的俗务。

我在清晓晨星发亮以前就睁开眼睛，我睡在七仙星高照的屋顶上。

漠不相关的溪水从我寂寞的日子旁边流过，就像旅客走经路旁房舍中的哀乐，却不起什么感触。

如今我在青春将逝的日子里，我出走到这处平地上，灰黯没有树木，只剩有一个孤零的小点，那高起的绿阴之下的山达尔村。

我有小古巴伊河①作我的芳邻。她有世家的门第。她的质朴的名字是和无数年代的山达尔村妇的喧笑杂谈混在一起的。

在她和这村庄的亲近之中，土地和水并没有不睦的裂痕，她很容易地把此岸的言语传给彼岸。亚麻开花的田地和稻秧一样和她随便接触。

当道路到了她水边忽然转折的时候，她大方地让行人跨过她的清澈潺潺的水流。

她的谈吐是小家的谈吐，不是学者的语言。她的律调和土地和水是同宗的，她的流水对于大地上的黄绿的财富毫不怀妒。

---

① 古巴伊是一条离诗人所住的寂乡不远的小河。

她在光明和阴影中穿掠的体态是苗条翩婉的，她拍着手轻轻跳跃。

在雨天她的手脚就变野了，像村姑们喝醉了麻胡酒一样，但即使在她放纵的时候，她也从不冲破或是淹没了她的近岸；只在她嬉笑奔走的时候以她裙子戏弄的舞旋扫着岸边。

在中秋她的水变清了，她的水流变瘦了，显露出水底沙粒的苍白的闪光。她的贫乏并没有使她羞愧，因为她的财富不是自大，她的贫困也不小气。

在不同的心情中，他们带着自己的美德，就像一个女孩子有时珠围翠绕地舞蹈着，有时静坐着眼藏倦意，唇含慵笑。

古巴伊河在脉搏中找到了和我的诗句相同的节奏，就是与富有音乐的语言和日常工作时间嘈杂的琐事，结成伙伴的节奏。

它的韵律并不使拿着弓箭闲游的男孩失望；它和木柴市场上满载稻草的车声合拍；它和挑着陶器的，一条扁担两只筐，一只小黄狗亲热地追随着他的影子的那个工人的吁喘合拍；它随着那个每月领三卢比的薪金，举着破伞的乡村教师的疲沓的步伐一同移动着。

95

一个内地的老人又瘦又高，
新刮过的皱瘪的脸像只干果，
拖沓地走在到市镇去的路上
穿着一双补过的破靴
和一件印花棉布的短褂，
头上撑着一把破伞，
腋下夹着一根竹棍。

这是一个八月闷热的早晨，
从淡云里滤过昏暗的日光。
“昨夜”似乎在潮湿乌黑的
毛毡下闷死：
今天呆钝的风无定地
刺激着余甘树叶的
间歇的回响。
这个生人走过我心上模糊的天边，
只不过是一个人，
并不鲜明，没有挂虑，
不需要任何微小的东西。

我也是暂时在他生命的无人之境的边沿出现，
在那把个人从一切关系分开的云雾里。

我想象他的牛棚里有一头牛，
笼里有一只鹦鹉，
他的妻子臂上戴着钏镯，
在碾麦子，
他有洗衣工人做他的邻居，
里巷对门有一间杂货店，
他欠着一个白沙瓦人一笔烦心的债务，
而我的模糊的自己
也只像是某处一个过路的人。

96

虽然我知道,我的朋友,我们是不相同的
但是我的心拒绝承受这个说法。
因为我们在同一的无眠之夜的
鸟叫时醒来,
同样的春天的符咒
进入我们的内心。

虽然你的脸朝向光明
我的脸在阴影之下
我们的幽会却是甜柔而秘密,
因为青春的洪水在它泛涨的舞蹈中
把我们拉在一起。

你以你的光辉与温柔统治了世界,
我的脸是苍白的。
但是一阵生命高贵的气息
把我带到了你的身边
我们分野的那条黑线
被清晓的明光烧红了。

97

一片千年的薄纱垂落在你我之间
当你转过脸去消隐在“过去”里
就是那因着腼腆犹疑而
迷了爱的路途的人们
过着鬼魂似的生活的地方。
把我们隔离的空间是很仄的，——
一道小溪在它的低语中织出了
我们别时的回忆
和你走过的足音的悲愁。
我所能献上给你的
只是一段没有说出的爱的音乐，
让它跟着你消逝。

98

在初晓的朦胧中，罗摩难陀，那位伟大的婆罗门大师，站在恒河的圣水里等候着清洗的流水泛涨过他的心。

他奇怪为什么今天早晨这水没有流来。

太阳升起了，他祈求圣光祝福他的思想把他的生命向真理展开。

但是他的心仍旧是黑暗而且烦乱。

太阳爬过了婆罗树林，渔舟也张开了风帆，乳姑顶着奶罐到市集上去。

这位宗师走出水来在沙岸芦苇里行走，啁啾的黄鹂在河岸坡上正忙着挖筑洞巢。

他走到那引向皮匠们居住的有臭味的村庄，瘦狗在路边啃着骨头，鸢鸟扑向那偶然抛出的肉片。

帕金坐在他门口的老罗望子树下在做着骆驼鞍子。

他看到这位宗师新浴罢出来走进这不洁的近村时，他敬畏地缩起身来，这斑白的老皮匠远远地俯伏在地。

罗摩难陀把他拉到胸前，帕金的眼里充满了泪水，痛苦地叫："夫子，你为什么要把自己弄成这样的不洁！"

夫子说："我去洗浴的时候，我轻看了你的村庄，因此我的心得不到恒河的为一切众生的母爱的祝福。

"当你的身体接触了我的身体的时候，她的爱抚至终临到了我，我就被净化了。

"今早我向太阳呼唤，'那在你里面的圣者也在我里面，但是为什么我没有在我的心灵中会到你？'

"当他的明光降临在你我额上的此刻，我已经会到他了，今天我不需要再到庙里朝拜了。"

99

我忽略了对你的价值的颂赞
因为我盲目地肯定了我的财产。
白日黑夜不断地把你的贡献送到我的脚边。
我从眼角里望着它们被送到我的仓库里。
四月的忍冬花在你的献礼上添上芳馨，
秋夜的满月的清光也向它们映射。

你常把你波浪般的黑发,倒泻在我的膝上
你眼泪盈眸地说:
我对你的献礼,我的王,是可怜地微薄;
我无法再多给你,因为我没有可给的了。

日日夜夜的过去了
今天你却不再在这里。
至终我来打开了我的仓库,
拿起那串你亲手给我戴在颈上的
珍宝的链环。
我从前那漠不关心的骄傲
吻了尘土里你的遗留的足迹。

今天我真正赢得了你
因为我以我的忧伤偿抵了
你的爱情的价值。

100

这个山达尔女人在木棉树下的沙径上忙忙地走上走下；一块粗糙的灰色的纱丽紧紧地缠裹住她的黧黑而结实的苗条的身躯；纱丽的红边和妙焰花的火红魔咒一样在风中飘扬。

哪位心不在焉的设计之神，在用七月的云彩和电光模塑一只黑鸟的时候，一定在不知不觉之中忽然造成了这个女人的形象；她的激动的翅翼藏在身子里，她的轻健的脚步兼有了女人的行走和鸟的飞翔。

几只漆镯圈在她模塑得绝美的臂腕上，一筐的散沙顶在她头上，她在木棉树下飞掠过红沙的小径。

留恋的冬天已经完成了它的使命。南方的偶然的气息已在撩弄这冬月的清严。金冬丛枝上的叶子已经染上灿烂的凋萎的金光。余甘树林中点缀着丰熟的果实，喧闹的孩子们在那里围聚抢夺。成堆的落叶和沙土在随着无定的风跳着鬼一样的旋舞。

我的土屋的建筑动工了，工人们在忙着砌墙。远远的汽笛声在宣告铁路的交叉处正过着火车，隔壁学校里也传来了丁当的铃声。

我坐在凉台上看着这年轻的女人一小时一小时地不断地劳作。当我觉得这女人的服务是神圣地注定为她所爱的人们的，而它的庄严被市价污损了，竟被我借着几个铜钱的帮忙把它掠夺了，我的心感到深深的羞愧。

101

在被神话的云雾迷蒙着的人类世纪的第一个破晓，
那些寻求者带着惊异的眼光走在陌生的海岸上，
战斗者们在风暴之神的鼓声中
在无边的战场上
向无尽悠远的时间行进。

大地在无尽穷追的不停践踏下抖颤，
中夜的睡眠受了惊扰，
安乐的生活变成苦痛
死亡变成可贵的。

那些被道路驱逐着
奔涌出来的人
永远走在死亡的界限以外，
那些缠扭着家庭的人
命定要永远闭卧在无灵魂世界的僵硬的生活中。
那个一定是被枯燥无味的宁静
和呆钝发臭的安全所魅惑，
愚蠢地挑选了鬼国盖造起他的

隐蔽所的人是谁呢？

太初人在生存的歧路上
找到了自己。
他领到的路上的口粮是在他血里，
在他梦中，在他路上。
当他坐下计划的时候，把他的楼阁举到云中
它的基础倾塌了；
他筑堤只为让它被洪水冲走。
屡次地在他的困倦的宴会大厅里，在烟熏的微
　暗的灯光中睡着了，
直到一个梦魇的袭击使他气噎，
把他的格格作响的骨骼聚在一起
他才在死亡的痛苦呻吟中醒来。

一个猛醒常能激动他向前
从老朽世纪的藩篱中
走向无边无涯的地平线上，
一个冲动催迫他从自负的成功的镣枷中逃出
提醒他说，那“时间”辇道上的凯旋表柱
已经把立柱者埋在它们的无名废墟之下。

他急忙地去参加那从各世纪来的
破坏式范的军队，
越过山岭，

砸碎石墙，
打进铁门
当天空和“永在”的鼓声一同搏跳的时候。

102

在那混沌时代朦胧的初期，
当上帝对他自己的手艺发气
对他自己幼稚的努力使劲地摇头，
一阵烦躁的波涛把你
从东方的胸怀攫走，
阿非利加，
把你关在昏暗的大树围守的
紧密的栅栏内去默默沉思。
在你那深密的黑暗的地洞里
你慢慢地积攒起旷野的不可理解的神秘，
精研那难读的地和水的符号；
自然的神秘的魔术在你心灵中
激发了意识界限以外的魔术仪式。

你装成残废的形骸来嘲笑那可怕的
在仿效一个威猛的吼叫中
使你可怖来征服恐怖。
呵，你是隐藏在一块黑纱下面
使你的人类的庄严模糊成

耻辱的黧黑的幻象。
那些用捉人的装捕机来掩袭你的猎人
他们的猛烈比你的狼齿还锐利,
他们的骄傲比你的不见天日的森林还昏黑。
文明人的野蛮的贪婪把恬不知耻的不人道剥得赤裸。
你哭泣了,而你的号叫被闷住,
你森林中的小径被血和泪浸成泥泞,
同时强盗们的钉靴
在你耻辱的历史上
留下了抹不掉的印迹。
可是在海洋的那边总有
礼拜堂的钟声在他们城市和乡村中作响,
婴孩在母亲怀中酣睡,
诗人们在吟唱“美”的颂歌。

当今天西方的地平线上
落日的天空涨塞着尘沙的风暴,
当走兽爬出它们的洞穴
用狂吼来宣告一日的死亡。
来吧,你这死亡时间的诗人,
站在这被劫夺的女人的门前,
恳求她的饶恕,
在垂危的大陆的昏迷之中,
让它作为一句最后的伟大的话吧。

103

让我的荣誉是从你而来，
我要在深重痛苦的骄傲中
响应你紧急工作的号召。

不要使我陷入昏迷的睡梦；
把在尘土中蜷缩的我抖拂了出来，
从束缚我们的心灵，使我们的命运无价值的桎梏中解放出来；
从使我们的庄严屈服于独裁者的无是非的脚下的昏乱中解放出来；
把我们日久天长的屈辱敲碎，
把我们的头抬起
向着无尽的天空，
向着灿烂的光明，
向着自由的空气。

104

卷入于无数凝视的目光织成的网里，
他被拉进声响的旋涡中，
这有名望的人。
呵，他已经在那些人中丧失了他的级位
就是那些有不知道自己生日的特权，
那些世界对他很不赏识的人，
好像那在枝上轻颤的叶子，
无人理睬地落在尘土里。
他住在冷寂的牢狱的人群中
一条光荣的锁链永远在他手脚上丁当地发响。
可怜他吧，把他释放到
清洁光明的世界里，绿阴和甜柔的静寂，
在那无边的沙土里，——
那原始的永生孩童的游戏场上。
当那从黑暗中来的渡船
带他到新知海岸的渡头上，
他就没有遮挡光明的东西
这光明抚触他赤裸的身子
就如同它抚触空气中张开的船帆。

在这早晨的单纯自由里
无名的花在草中开放，
春光在无边的闲暇中
展开金翼。

在这假日的寂静中
从一个甜柔的声音里
他的名字领受到无量的价值，
它的悠远的乐音使他在三月困人的下午默思沉想
它的约期今天写在闪烁颤摇的榕树叶上。
他受到了莲花河和从河岸竹林中
穿过的晨星之光的诗人的款待。
密集的阴云在他眼前舒展出
一片紫影在雨润的远林中；
他的眼睛随着嬉笑的女孩的脚步
从绿荫的村巷来到了河边
在落日的天空下
在芥菜和亚麻子开花的田地里
享受了色彩的二重奏。

他凝望着说："我爱它"，
而且情愿把他这爱留下，
即或他的巨大的努力终归虚无，
而这携带着他的终生惊异的敬礼
将在他土地的尘土上
留下一个永存的接触的记忆。

105 *

你作画的人，
一个在人和物中间不停的旅行者，
把他们收集在你幻象的网里
又在线条上把他们烘托了出来
远在他们的社会价值和市场价格之上。

那边的游民的村落，
它的密集的朴素的屋顶，
和那后面被愤怒的四月的骄阳
烤焦了的一块空场
是我们匆匆走过而绝不会不看到的
直到你旅行的线条说了出来；
他们是在那里，
我们吃惊着说，他们真是在那里。

那些无名的脚步时刻消失成为阴影
从他们的“无”中被解救了出来

* 这首诗是赠给印度近代最伟大的画家难达婆薮的。

强迫我们去承认
他们里面真实的更大的共鸣
比那王爷们的浪费金钱价值可疑的面像
只供那些傻子张口呆视的
大得多了。

你不理睬那乐园的神话的马
当你的眼睛被这山羊所吸引
当它在我们牧场上徘徊的时候
因着我们的劝告而注意到了的。
你把羊性的庄严在线条里表现了出来
我们的心灵在惊叹中醒起。
那可怜的贩羊者可不晓得这件事
就是这张画并不代表这平常牲畜的本身,
它乃是一个发现。

106

在黑暗的无限秘密后面
探照光明的世界被推出去了
破坏者走了进来，
在不祥的寂静的盖幕之下
在我存在的深处排演着修筑。
至终舞台出空了
为着生命戏剧的新的一幕，
当那一只火红的手指从天上触到了一穗黑暗
一缕闪电的激颤穿过无边的睡梦
把它击成碎片。
觉醒的泉水开始流穿那壅塞的血管——
如同六月淫雨的第一次洪流
在枯干河床中间
奔寻着它的支路。
巨块的阴影塞断了光明的路途
造出了纷乱——
直到他们被冲走了，
新生的精神
在和平的光亮的地平线上

释放了自己。
我的这个躯壳
这担负着过去的负担者——
对于我仿佛是从清晨的慵懒的
臂腕中溜走的疲倦的云彩。
我觉得从它掌握中获得了自由
在灵光的心中
在虚幻事物的最远的彼岸。

107

当我的心从遗忘的
黑洞里被放出来
觉醒到不堪忍受的惊奇中
它发现自己是在
喷出一股窒息的对人类
　侮辱的气味的
地狱烈火的火山口边；
它目击了“时间幽灵”的
　长期的自杀的痛苦
经过一阵比死亡还惨痛的
　畸形残废的痉挛。
在它的这边是一个挑战的凶悍
和杀人的酗醉的咆哮，
在那边是束缚在他们小心看守的
积蓄上的畏怯的国家，
在失算的爆发的烦躁之后
柔顺地在勉强服从的沉默的安全中定居了下来。
在古老国家的会议厅里的
计划和抗议都在紧闭的慎重的

嘴唇中间压平了。
同时从天空中横飞过那
带着炽燃的诅咒的
没有灵魂的兀鹰的机群
携带着那垂涎人类脏腑的
饥饿的飞弹。

赐给我权力吧，
坐在永生宝座上的可怖的裁判者！
赐给我雷霆般的声音，
使我能够投掷咒诅在那生番身上
他那使人毛骨森立的饥肠
连妇女儿童也不放过，
使我斥责的言词能够永远震动
这自侮的历史的脉搏，
直到这个时代被扼死被锁住
在它的灰烬里找到它最后
安息的床榻。

108

战鼓敲起了。
人们勉强把自己面容扭成可怕的样子
咬起自己的牙齿；
在人们跑去为“死亡”的肉库
　收集人肉以前，
他们整队到佛陀，那大慈大悲者的庙宇里，
祈求他的祝福，
战鼓正在隆隆地敲
大地颤抖着。

他们祈求成功；
因为他们在割断爱结，
把旗子插在荒凉的家园的灰烬上，
蹂躏了文化中心
和“美”的龛座，
把他们走过的绿野和闹市的
道路用鲜血染红了之后，
必定会引起哭泣与哀号，
因此他们整队到佛陀，那大慈大悲者的庙宇里，

祈求他的祝福，
战鼓正在隆隆地敲
大地颤抖着。

他们要以凯旋的号角来标点
每一千个被杀害的人数，
来引起魔鬼的笑乐，当他看到
妇孺的血肉淋漓的肢体；
他们祈求他们能以“不真”
来蒙蔽人们的心灵
来毒害神明的甜柔呼吸的气息，
因此他们整队到佛陀，那大慈大悲者的庙宇里，
祈求他的祝福，
战鼓正在隆隆地敲
大地颤抖着。

109

我的生日！
手里拿着“死亡”的护照
它从潜跃中浮现在“无”的裂口
来到存在的边沿呼吸一会。
从腐朽的链条上散落下过去年月的链环。
又用这个最新的生日
开始数着新生生命的日子。
这款待把今天献上给我，
一个过路人，
他想默读那一颗不相识的星辰的早晨的记号
招呼他走向一段没有图表的旅程，
这是被他的生日和死期平分的，
和晨星与残月的光明相混的。
我将向他们唱出同样的赞诗，
向死亡也向生命。

应许我，大地母亲，
使我生命中从渴望生出的妄想
退却到最远的天边

我的肮脏的乞钵把它收集的秽物
倒弃在尘埃里；
在我向未曾显露的彼岸过渡的时候
让我永不向生命筵席的残肴
做留恋的回顾。
如今在这日终困睡的暗昏中
你鞭策我使我去拉动生命的车辇的
刀刃般尖利的饥渴的意义失掉了
你开始一件一件地向我收回你的礼物。
你对我的需求渐渐减少
你也更少使用我了
你在我额上贴上弃置的标签。
这些我都感到了,但是我晓得,
你对我一切的侮辱
不能把我的价值贬至于无。

让我残废吧,若是你要这样做,
从我眼上遮起一切的明光,
把我复盖在残废的阴影里,
但是在我存在的破庙里
那古老的神佛仍安坐在宝座上。
你尽量破坏还把碎片堆起,
但在这废墟中间
那内在的一点光明
将永远亮亮地燃烧着。
因为它受着天酒的哺养

那是神人们通过每一声色倾到地上来的。
我都爱过他们
而且歌颂了这爱。
这爱把我举到高过你的界线，
这永存的爱，即使它的语言渐渐微弱
为着经常使用而消损。

在我的爱上曾经影印过他们的签名
芒果花的花粉，
合欢花的露冷的芬馨。
唤春在初晓的呢喃
和爱人的欢乐的抚触。
当我向你告别的时候，呵，大地，
从我收回，细心清点，你给我的一切东西，
为生命寄旅的衣食。
你永不要想我小看了你的礼物。
我对这泥土的模型是永远感激的
通过它我得到了进入"无形象"的导引。

任何时候我带着一无所求的心
来到你的门前，
我都曾受到你心的欢迎。
我知道你的礼物是不送给贪婪的人的，
你把甘露留存在你的瓦罐里
不给那淫秽地饥渴的饕餮的嘴唇。
你在等待，呵，大地，带着你的不朽的礼物，来欢迎那走在超然的艰难路上的行人。
饕餮渴望着肉食，
商人却为腐肉烦恼，
今天在他们强暴的闹会中，
日夜纠缠在一起。
但是嘲弄引我微笑，像从前一样，
对那有学问的人的豪举的愚蠢，
对那乞丐的富豪的专横，
对那炫耀的可厌的浓妆，
对那讽刺人的神性的渎神者的咒骂。

够了。你的凉台上敲着时间终了的钟，
我的心响应着告别的叽嘎的开门的声音。
在这黄昏逐渐阴沉的幽暗里，
我将收聚起残留的微焰来点起我的将烬的意识，
来向你献上最后的顶礼，呵，大地，
在七仙星的凝注之下。
我的最后的无声歌曲的香烟
　将缥缈上升围绕着你。
我将留下一棵蛟花粉
　它就要开花，
此岸的痛苦的心无望地盼着过渡，
爱的自责在它疲倦的记忆里
消失到日常工作的帘后了。

110*

在上空，科学的灯光照射着，
黑夜忘却了自己，
而在地底的黑暗中
瘦瘠的饥饿和膨胀的贪婪
互相冲击，直到大地震颤
凯旋的柱子可怕地断裂了，
在湾峡的岸边倾倚着。

不要在惊恐中哀呼
或者愤怒地批判上帝，
让发胀的邪恶在苦痛中迸裂
吐出它积藏的肮脏。
当吃人的狂怒的受害者
被饿齿争拽的时候，
让那血浸的亵渎的厌恶
激起神圣的愤怒，从一个可怖的最后审判

* 这首诗是诗人寄给捷克李司尼教授的，说出他对于《慕尼黑协定》的反感。

宣达出一个英雄的和平。

他们拥挤在教堂里
在一个因着恐惧而沉迷的原始狂乱的信仰中
它希望把上帝谄媚得
心满意足
谄媚得柔弱地宽容。
他们半信半疑地觉得和平将
降临在这疯狂的地上
仅仅为着他们写在圣书上的哀恸。
他们信赖着他们宽忍的上帝
他会许给他们以及时的智慧
来对较弱的人们索取所需要的
　一切的礼拜的祭品，
留下他们自己污秽的积聚
　不再瓜分。

但是让我们希望，
为着世界上道义公正的庄严，
上帝永远不受他的公平被骗的痛苦
被那少数操纵的外交的忠顺
小心地避免自己一切的损失，
一个可怕的忏悔也许必须走到
它的最后的结局，
在一个奸诈的治好的伤疤上面
不留下一点余毒。

111*

通过人类的多难的历史
卷来一阵破坏的无知的狂怒
文明的高塔倾塌在尘埃里。
在道义的无政府的混乱里
历代的烈士们英勇地赢得的
人类最好的珍宝
被掠夺者践踏在脚下。

来吧,年轻的国家,
宣告保卫自由的战争,
举起不可战胜的信仰的旗帜。
用生命修起桥梁跨过被恨恶
炸裂的大地,
向前行进。
不要自己屈服把侮辱的负担
　顶在头上,

* 这首诗是献给加拿大的,在一九三九年五月二十九日渥太华的广播电台上广播过。

被恐怖踢倒，
也不要用虚伪和诡诈来挖掘沟壕
为你不名誉的人格
盖起一个隐蔽所；
不要为了拯救自己
把弱者当作祭品献给强人。

112

以他们统治者的名义
打过他一次的人，
又在这世纪出生了。

他们穿着敬神的服装聚集在
他们的祈祷堂里，
他们号召他们的兵士，
“杀，杀”，他们喊着；
在他们的怒吼声中夹杂着他们赞美诗的音乐，
同时人子正在他的痛苦中祷告说：“呵，上帝，
丢掉，远远地丢掉这只盛满最苦的毒汁的苦杯
吧。”

IV

113

你曾从你无尽储藏的光明中借一大片给我眼睛；如今在一日之终你来把它收回，我的主人，我准知道我必须好好地利用我的欠负。

但是为什么在我夜灯之前投下阴影？我在世上不过是来到你明光中的一个短期的客人，如果在这丰满的光中有些碎片留下的时候，让它们在你车辇最后的辙迹中不经意地撇下吧。

让我从尘埃中拾起散弃的光和影，一些有色的幻象的微光用来建造起我自己微小的世界，就是对你债负的残余，不值得好好地收集的。

114

在这个伟大的宇宙里
痛苦的巨轮旋转着；
星斗崩裂；
光尘的火花，远远地四溅，
迅疾地飞散
把生存的烦恼包罗在
原始的网子里。
在痛苦的武库里
在通红的意识的架子上满挂着
响得叮当的拷打的刑具。
流血的创口张裂着。
人的躯体是细小的，
他的含辛茹苦的力量多么巨大。
在创造和混乱的合流里
他为什么在沉醉于自己神威的神人们的可怕的
　贺宴上，
举起他的火灼的酒杯呢，——
呵，为什么扫聚这红泪的乱潮
来灌满他的泥土的躯壳呢？

从他的不可征服的意志里
他把无尽的价值带给每一段时刻。
人的祭献
他的肉体上燃烧的苦痛——
有什么东西能和
日星的整个火热的奉献相比呢?
这般勇敢的不屈的财富,
这般无畏的坚持,
这般视死如归,——
像这样的凯旋的行进,千千万万,
踏着炭火
走向忧伤的极点——
在哪一条路上还有这样的追求的,无名的,光辉的
这样走在一起的香客?
这样的礼拜的净水,冲穿火成岩石,
这样无边的爱的宝藏?

115*

夜深时节
在病榻的幻光中
呈现了清醒的你，
这对我仿佛是
数不尽的日月星辰
都在保证我微小的生命：
等到我知道你要离开我
恐怖就伸展到诸天，
那“万有”可怕的漠不关心的恐怖。

* 这一首和116、118两首，都是描写诗人临危时节，日夜在他床侧守护的人们的。

116

她是一个秋夜的仙灵，
披着消沉落日的微光，
带来星辰的无尽安宁的应许，
用她静默的服务引导着
勉强之夜的长久留连的时间的疲倦的脚步
进入到晨星的郊邻。
她的长发被清晓的柔风吹拂着，
透出早祷的烟香，
她的日终的含愁的甜柔的脸
蒙受晨光的祝福发出了光辉。

117

当我从睡中醒起
我发现一筐橘子在我脚边，
我正忖想谁能是这礼物的
赠予者；
我的猜测从这一名字飞到那一名字
但是美好的名字
像春花一样的繁多，
一切不同的名字联合起来
使它成为一件完美的礼物。

118

在世界无尽的道路上，
无数的活动之中，
她的性格是分散在
一切她所未占有和不完全的之中。

在病榻旁边围绕着一个亲切的目标
她像一个新的幻象呈现着
她的存在完美了，
一切事物的善
都集中在她里面，
在她的摩触里，在她无眠的忧虑的眼神中。

119

在我痊愈的路上
当我领受自然最早的友谊问候的时光，
她在我眼前举起无边的最初惊奇的珍贵的礼
　物。
丛树和蓝天浴在晨光之中
虽是古老和已曾相识的
向我呈现了在他们里面的创造的永在最初的时
　间
我觉得我的今生
是交织在许多变幻形象的降生之中
像阳光是不同的光线组成的
每一个形样在它的合一里
是和无数看不见的形样掺杂着。

120*

今生我赢得了“美”的祝福。
在人类爱情的瓶中我尝过
　他自己的圣酒。
忧伤,难以担负的,
把不可伤害,不可征服的灵魂
　指示给我。
在我感到死亡的降临的阴影的一天,
我没有恐怖的挫败。
大地的伟大人物没有剥夺了
我和他们的接触,
他们的不朽的言语曾积累在我的心中。
我曾得到生命之神的恩赐:
让我把这记忆留在
感谢的语言中吧。

* 从这一首起的诗(和第114首),都是由诗人晚年的私人秘书阿弥耶·查各拉瓦迪译成英文的。

121

浮泛在“时光”悠暇的溪流上
我的心移动着，凝注着遥远的太空。
在这伟大虚空的道路上
影画在我眼前形成。
世代以来一行列的人以征服的骄傲的速度穿过
　悠长的“过去”。
帝国欲的帕坦人来过了，
还有莫卧儿人：
胜利的车轮
扬起形形色色的尘土；
得胜的旗帜翻飞。
我望着空虚的路上，
今天看不见了他们的遗迹。
那碧空，从早到晚，从世纪到世纪，
被日出日落的光彩渲染着。
在这空虚里，成群结队地
沿着铁轨，在喷火的车上，
又来了强悍的英国人，
散布着他们的活力。

通过他们的道路也将涌过“时光”的洪流
卷走这遍地的帝国的密网。
他们的军队，带着商品，
在星空的空虚路口
将不留下一点印记。

当我在这大地上举目四顾，
我看见许多群众
纷乱地移动着，
在分歧的路上三五成群
从世纪到世纪，
被人类的生和死的日常所需驱策着。
他们，永远地
打着桨，掌着舵；
他们，在田地里，
播种，收割。
他们不停地劳动着。
王笏破裂了，战鼓也不再敲；
胜利的柱子崩裂，痴呆地忘掉了自己代表的意义；
血斑的武器，血红的眼睛和面庞
把他们的记录隐藏在儿童的故事书里。
他们不停地劳动着；
在安伽，在般伽，在羯陵伽的河海的石阶边，
在旁遮普、孟买，和古甲拉特。
亿万的雷霆般嘈杂的声音
日夜交织在一起，

形成这伟大世界生活的共鸣。
不断的忧伤和快乐夹杂在
高唱的生命伟大的颂歌中。
在千百个帝国的废墟上，
他们不停地劳动着。

122

我时常觉得
我离开的时间临近了。
以宁静的落日的霞光
来遮隔这别离的日子。
让这时间是安宁的，让它是沉默的。
不要让任何盛大的纪念会
来做出悲伤的情态。
让森林中的树木在别离的门边
在沉默的叶丛中
唱起大地的宁静的颂歌。
让黑夜降下无言的祝福，
和七仙星的仁慈的光辉。

123

在我生日的水瓶里
从许多香客那里
我收集了圣水,这个我都记得。
有一次我去到中国,
那些我从前没有会到的人
把友好的标志点上我的前额
称我为自己人。
不知不觉中外客的服装卸落了,
内里那个永远显示一种
意外的欢乐联系的
人出现了。
我取了一个中国名字,穿上中国衣服。
在我心中早就晓得
在哪里我找到了朋友,我就在哪里重生,
他带来了生命的奇妙。

在异乡开着不知名的花朵,
它们的名字是陌生的,异乡的土壤是它们的祖国,

但是在灵魂的欢乐的王国里
　他们的亲属
却得到了无碍的欢迎。

124

节日又一次地来到了，
带着春天的丰富的祝贺
诗人廊畔的花枝
插满了一只新的生日的篮子。
在一间紧闭的屋里我躲得远远地——
今年，无用的是妙焰花的劝驾。
我想唱出“春山”的调子，
但是临近的别梦郁积在我的心头。
我的生日，我晓得，
不久就要融入不变的一天，
在“时间”的无记号的连续中消失。
这悲伤并不充满着花街阴影的温柔，
记忆的痛苦不在森林的萧萧瑟瑟中发声。
无情的欢乐将吹起这节日的笛子
在路上，挥走离愁。

125

日光炎灼，
这个孤寂的中午。
我望着这张空椅，
在那上面找不到一丝慰安的痕迹。
在它的心中
塞满了绝望的言词
仿佛要在哀恸中说出。
空虚的声音
充满了慈怜
那最深的意义是把握不到的。

就像一只狗用忧伤的目光
在寻找他的走失的主人，
他的心在迷惘的哀愁中哀唤着，
不知道出了什么事也不知为什么，
只用无益的目光到处找寻着：
这张椅子的声音似乎比
他的哀苦还要柔弱还要伤痛，

它的空洞的沉默的
亲人被夺去的痛苦
弥漫了这个房间。

126

在茹卜那伦[①]的河岸上
我起来,清醒着:
这个世界,我承认,
不是一个幻梦。
在用血写成的文字里
我清楚地看到了我的存在,
通过重复的毁伤和痛苦
我认识了我自己。
真理是严酷的,
我喜爱这个严酷,
它永不欺骗。
今生是永世炼修的受难,
为换得真理的可怕的价值,
在死亡中偿还一切的债负。

---

① 茹卜那伦是孟加拉的一条河。这名字含有“神人的形象”的意思。

127

最初一天的太阳

问

存在的新知——

你是谁，

得不到回答。

一年又一年过去了，

这天的最后的太阳

在静默的夜晚

在西方的海岸上

问着最后的问题——

你是谁，

他得不到回答。

128

忧愁的黑夜,一次又一次地
来到了我的门前。
它的唯一的武器,我看出,
是痛苦的歪曲的假装;
恐怖的可憎的姿态
在黑暗中开始奏着它欺骗的序曲。

什么时候我相信了
　它的狰狞的面具,
无结果的挫败就跟着来了。
这胜负的游戏是生命的幻想;
从儿童时代,每走一步,
　这个暗鬼总是紧跟着,
充满着忧愁的嘲弄。
一幅形色惊恐的活动帘幕——
死亡的精巧的手艺
　在零碎的昏暗中织成的。

129*

你用不同的诡骗之网把你
创造的道路盖起，
你这狡猾者。
你用灵巧的手
在简单的生活上
安上伪信的圈套。
你用这欺骗
在“伟大”上留下一个印记；
对于他，夜不是秘密的。
你的星辰向他指示的道路，
就是他自己永远清醒的心的道路，
他的单纯的信仰
使它永远照明。
外面弯曲内里正直
他为此而自豪。
人们说他是无用的人。
他用自己的内心

* 这是诗人口述的最后一首诗，没有来得及改正。

赢得了真理
用他自己的明光洗净。
什么都不能骗走，
他带进他的仓库中的
最后的报酬。
他这从容地接受你的诡计的人
从你的手中得到了
达到安宁的永远的权利。

130*

前面是平静的海洋。
放下船去吧，舵手。
你们将是永远的伙伴
把他抱在你的膝上吧。
在“无穷”的道路上
北极星将要放光。
自由的付予者，你的饶恕，你的仁慈
在这永远的旅程上
将要是无尽的财富。
让尘世的牵累消灭吧，
让广大的宇宙把他抱在臂间，
让他在他无畏的心中
认识到这伟大的无名作者吧。

* 这首歌曲是诗人在一九三九年十二月写的。遵从他的意愿，这首歌在一九四一年八月七日在寂乡礼堂诗人的追悼会上唱过。

译者附记

这本是印度大诗人罗宾德罗那特·泰戈尔逝世以后，他的朋友们替他编选的诗集。集中共有一百三十首诗、歌曲、自由诗和散文诗；有些是曾散见于印度的各种报章刊物，有些是没有发表过的，其中除了第114和120—130这十二首之外，都是诗人自己从孟加拉文译成英文的。

这诗集，按着诗创作的年代，分为四部分：

1. 1—57首（1886—1914年）
2. 58—87首（1916—1927年）
3. 88—112首（1928—1939年）
4. 113—130首（1940—1941年）

除了序诗是一九三二年写的，和末一首是一九三九年写的，因为这两首诗的内容，适合于放在卷首和卷末，所以就这样地排列了。

这本诗集最突出的一点，是编入了许多泰戈尔的国际主义和爱国主义的诗，这些诗显示了泰戈尔的最伟大最受人民喜爱的一面。孟加拉本是印度民主运动和文艺复兴运动的中心，在广大人民渴求解放热望自由的火海狂潮之中，泰戈尔感激奋发，拿起他的“力透纸背”的神笔，写出了热情澎湃的歌颂祖国鼓舞人民的诗篇。集中的第38—44首，就是他在一九〇五年孟加拉自治运动期间写的；集中的第51首，在一九四六年印度独立后，被选为国歌。此外如第102首关于非洲的，第110首关于慕尼黑会议的，都是诗人对于殖民主义和法西斯主义的最严厉尖锐的谴责。诗人的祖国曾长期地被践踏于英帝国殖民主义者的铁蹄之下，因此他对于被压迫剥削的亚非人民，有着最深厚的同情，对于西方帝国主义集团，有着最切齿的痛恨；在这类的诗篇的字里行间，充满了他的目光如炬，须眉戟张的义怒，真使读者"如闻其声，如见其人"！这是泰戈尔人格中严霜烈日之一面，与《吉檀迦利》集中所表现的霁月光风，是有其不同的情调的。

译文是根据印度加尔各答维斯瓦-巴拉蒂(Visva-Bharati)①出版的《诗选》(*Poems*)译出的。

冰　心

一九五七年六月十日

① 即国际大学。

吉 檀 迦 利

冰心 译

1

你已经使我永生，这样做是你的欢乐。这脆薄的杯儿，你不断地把它倒空，又不断地以新生命来充满。

这小小的苇笛，你携带着它逾山越谷，从笛管里吹出永新的音乐。

在你双手的不朽的按抚下，我的小小的心，消融在无边快乐之中，发出不可言说的词调。

你的无穷的赐予只倾入我小小的手里。时代过去了，你还在倾注，而我的手里还有余量待充满。

2

当你命令我歌唱的时候，我的心似乎要因着骄傲而炸裂；我仰望着你的脸，眼泪涌上我的眼眶里。

我生命中一切的凝涩与矛盾融化成一片甜柔的谐音——我的赞颂像一只欢乐的鸟，振翼飞越海洋。

我知道你欢喜我的歌唱。我知道只因为我是个歌者，才能走到你的面前。

我用我的歌曲的远伸的翅梢，触到了你的双脚，那是我从来不敢想望触到的。

在歌唱中陶醉，我忘了自己，你本是我的主人，我却称你为朋友。

3

我不知道你怎样地唱,我的主人!我总在惊奇地静听。

你的音乐的光辉照亮了世界。你的音乐的气息透彻诸天。你的音乐的圣泉冲过一切阻挡的岩石,向前奔涌。

我的心渴望和你合唱,而挣扎不出一点声音。我想说话,但是言语不成歌曲,我叫不出来。呵,你使我的心变成了你的音乐的漫天大网中的俘虏,我的主人!

4

我生命的生命,我要保持我的躯体永远纯洁,因为我知道你的生命的摩抚,接触着我的四肢。

我要永远从我的思想中屏除虚伪,因为我知道你就是那在我心中燃起理智之火的真理。

我要从我心中驱走一切的丑恶,使我的爱开花,因为我知道你在我的心宫深处安设了座位。

我要努力在我的行为上表现你,因为我知道是你的威力,给我力量来行动。

5

请容我懈怠一会儿,来坐在你的身旁。我手边的工作等一下子再去完成。

不在你的面前，我的心就不知道什么是安逸和休息，我的工作变成了无边的劳役海中的无尽的劳役。

今天，炎暑来到我的窗前，轻嘘微语；群蜂在花树的宫廷中尽情弹唱。

这正是应该静坐的时光，和你相对，在这静寂和无边的闲暇里唱出生命的献歌。

6

摘下这朵花来，拿了去吧，不要迟延！我怕它会萎谢了，掉在尘土里。

它也许配不上你的花冠，但请你采折它，以你手采折的痛苦来给它光宠。我怕在我警觉之先，日光已逝，供献的时间过了。

虽然它颜色不深，香气很淡，请仍用这花来礼拜，趁着还有时间，就采折罢。

7

我的歌曲把她的妆饰卸掉。她没有了衣饰的骄奢。妆饰会成为我们合一之玷；它们会横阻在我们之间，它们丁当的声音会淹没了你的细语。

我的诗人的虚荣心，在你的容光中羞死。呵，诗圣，我已经拜倒在你的脚前。只让我的生命简单正直像一支苇笛，让你来吹出音乐。

8

那穿起王子的衣袍和挂起珠宝项链的孩子,在游戏中他失去了一切的快乐;他的衣服绊着他的步履。

为怕衣饰的破裂和污损,他不敢走进世界,甚至于不敢挪动。

母亲,这是毫无好处的,如你的华美的约束,使人和大地健康的尘土隔断,把人进入日常生活的盛大集会的权利剥夺去了。

9

呵,傻子,想把自己背在肩上! 呵,乞人,来到你自己门口求乞!

把你的负担卸在那双能担当一切的手中罢,永远不要惋惜地回顾。

你的欲望的气息,会立刻把它接触到的灯火吹灭。它是不圣洁的——不要从它不洁的手中接受礼物。只领受神圣的爱所付予的东西。

10

这是你的脚凳,你在最贫最贱最失所的人群中歇足。

我想向你鞠躬,我的敬礼不能达到你歇足地方的深处——那最贫最贱最失所的人群中。

你穿着破敝的衣服，在最贫最贱最失所的人群中行走，骄傲永远不能走近这个地方。

你和那最没有朋友的最贫最贱最失所的人们做伴，我的心永远找不到那个地方。

11

把礼赞和数珠撇在一边罢！你在门窗紧闭幽暗孤寂的殿角里，向谁礼拜呢？睁开眼你看，上帝不在你的面前！

他是在锄着枯地的农夫那里，在敲石的造路工人那里。太阳下，阴雨里，他和他们同在，衣袍上蒙着尘土。脱掉你的圣袍，甚至像他一样的下到泥土里去罢！

超脱吗？从哪里找超脱呢？我们的主已经高高兴兴地把创造的锁链戴起；他和我们大家永远联系在一起。

从静坐里走出来罢，丢开供养的香花！你的衣服污损了又何妨呢？去迎接他，在劳动里，流汗里，和他站在一起罢。

12

我旅行的时间很长，旅途也是很长的。

天刚破晓，我就驱车起行，穿遍广漠的世界，在许多星球之上，留下辙痕。

离你最近的地方，路途最远，最简单的音调，需要最艰苦的练习。

旅客要在每一个生人门口敲叩，才能敲到自己的家门，人要在外面到处漂流，最后才能走到最深的内殿。

我的眼睛向空阔处四望，最后才合上眼说："你原来在这里！"

这句问话和呼唤"呵，在哪儿呢？"融化在千股的泪泉里，和你保证的回答"我在这里！"的洪流，一同泛滥了全世界。

13

我要唱的歌，直到今天还没有唱出。

每天我总在乐器上调理弦索。

时间还没有到来，歌词也未曾填好；只有愿望的痛苦在我心中。

花蕊还未开放；只有风从旁叹息走过。

我没有看见过他的脸，也没有听见过他的声音；我只听见他轻蹑的足音，从我房前路上走过。

悠长的一天消磨在为他在地上铺设座位；但是灯火还未点上，我不能请他进来。

我生活在和他相会的希望中，但这相会的日子还没有来到。

14

我的欲望很多，我的哭泣也很可怜，但你永远用坚决的拒绝来拯救我；这刚强的慈悲已经紧密地交织在我的生命里。

你使我一天一天地更配领受你自动的简单伟大的赐予——这天空和光明，这躯体和生命与心灵——把我从极欲的危险中拯救了出来。

有时候我懈怠地挨延，有时候我急忙警觉寻找我的路向；但是你却忍心地躲藏起来。

你不断地拒绝我，从软弱动摇的欲望的危险中拯救了我，使我一天一天地更配得你完全的接纳。

15

我来为你唱歌。在你的厅堂中，我坐在屋角。

在你的世界中我无事可做；我无用的生命只能放出无目的的歌声。

在你黑暗的殿中，夜半敲起默祷的钟声的时候，命令我罢，我的主人，来站在你面前歌唱。

当金琴在晨光中调好的时候，宠赐我罢，命令我来到你的面前。

16

我接到这世界节日的请柬，我的生命受了祝福。我的眼睛看见了美丽的景象，我的耳朵也听见了醉人的音乐。

在这宴会中，我的任务是奏乐，我也尽力演奏了。

现在，我问，那时间终于来到了吗，我可以进去瞻仰你的容颜，并献上我静默的敬礼吗？

17

我只在等候着爱，要最终把我交在他手里。这是我迟误的原因，我对这延误负疚。

他们要用法律和规章，来紧紧地约束我；但是我总是躲着他们，因为我只等候着爱，要最终把我交在他手里。

人们责备我，说我不理会人；我也知道他们的责备是有道理的。

市集已过，忙人的工作都已完毕。叫我不应的人都已含怒回去。我只等候着爱，要最终把我交在他手里。

18

云霾堆积，黑暗渐深。呵，爱，你为什么让我独在门外等候？

在中午工作最忙的时候，我和大家在一起，但在这黑暗寂寞的日子，我只企望着你。

若是你不容我见面，若是你完全把我抛弃，我真不知将如何度过这悠长的雨天。

我不住地凝望遥远的阴空，我的心和不宁的风一同彷徨悲叹。

19

若是你不说话，我就含忍着，以你的沉默来填满我的心。我要沉静地等候，像黑夜在星光中无眠，忍耐地低首。

清晨一定会来，黑暗也要消隐，你的声音将划破天空从金泉中下注。

那时你的话语，要在我的每一鸟巢中生翼发声，你的音乐，要在我林丛繁花中盛开怒放。

20

莲花开放的那天，唉，我不自觉地在心魂飘荡。我的花篮空着，花儿我也没有去理睬。

不时地有一段忧愁来袭击我，我从梦中惊起，觉得南风里有一阵奇香的芳踪。

这迷茫的温馨，使我想望得心痛，我觉得这仿佛是夏天渴望的气息，寻求圆满。

我那时不晓得它离我是那么近，而且是我的，这完美的温馨，还是在我自己心灵的深处开放。

21

我必须撑出我的船去。时光都在岸边挨延消磨了——不堪的我呵！

春天把花开过就告别了。如今落红遍地，我却等待而又流连。

潮声渐喧，河岸的荫滩上黄叶飘落。

你凝望着的是何等的空虚！你不觉得有一阵惊喜和对岸遥远的歌声从天空中一同飘来吗？

22

在七月淫雨的浓阴中，你用秘密的脚步行走，夜一般的轻悄，躲过一切的守望的人。

今天，清晨闭上眼，不理连连呼喊的狂啸的东风，一张厚厚的纱幕遮住永远清醒的碧空。

林野住了歌声，家家闭户。在这冷寂的街上，你是孤独的行人。呵，我惟一的朋友，我最爱的人，我的家门是开着的——不要梦一般地走过罢。

23

在这暴风雨的夜晚你还在外面做着爱的旅行吗，我的朋友？天空像失望者在哀号。

我今夜无眠。我不断地开门向黑暗中瞭望，我的朋友！

我什么都看不见。我不知道你要走哪一条路！

是从墨黑的河岸上，是从远远的愁惨的树林边，是穿过昏暗迂回的曲径，你摸索着来到我这里吗，我的朋友？

24

假如一天已经过去了，鸟儿也不歌唱，假如风也吹倦了，那就用黑暗的厚幕把我盖上罢，如同你在黄昏时节用睡眠的衾被裹上大地，又轻柔地将睡莲的花瓣合上。

旅客的行程未达，粮袋已空，衣裳破裂污损，而又筋疲力尽，你解除了他的羞涩与困穷，使他的生命像花朵一样在仁慈的夜幕下苏醒。

25

在这困倦的夜里，让我帖服地把自己交给睡眠，把信赖托付给你。

让我不去勉强我的萎靡的精神，来准备一个对你敷衍的礼拜。

是你拉上夜幕盖上白日的倦眼，使这眼神在醒觉的清新喜悦中，更新了起来。

26

他来坐在我的身边，而我没有醒起。多么可恨的睡眠，唉，不幸的我呵！

他在静夜中来到；手里拿着琴，我的梦魂和他的音乐起了共鸣。

唉，为什么每夜就这样的虚度了？呵，他的气息接触了我的睡眠，为什么我总看不见他的面？

27

灯火，灯火在哪里呢？用熊熊的渴望之火把它点上罢！

灯在这里，却没有一丝火焰，——这是你的命运吗，我的心呵！你还不如死了好！

悲哀在你门上敲着，她传话说你的主醒着呢，他叫你在夜的黑暗中奔赴爱的约会。

云雾遮满天空,雨也不停地下。我不知道我心里有什么在动荡,——我不懂得它的意义。

一霎的电光,在我的视线上抛下一道更深的黑暗,我的心摸索着寻找那夜的音乐对我呼唤的径路。

灯火,灯火在哪里呢?用熊熊的渴望之火把它点上罢!雷声在响,狂风怒吼着穿过天空。夜像黑岩一般的黑。不要让时间在黑暗中度过罢。用你的生命把爱的灯点上罢。

28

罗网是坚韧的,但是要撕破它的时候我又心痛。

我只要自由,为希望自由我却觉得羞愧。

我确知那无价之宝是在你那里,而且你是我最好的朋友,但我却舍不得清除我满屋的俗物。

我身上披的是尘灰与死亡之衣;我恨它,却又热爱地把它抱紧。

我的债负很多,我的失败很大,我的耻辱秘密而又深重;但当我来求福的时候,我又战栗,惟恐我的祈求得了允诺。

29

被我用我的名字囚禁起来的那个人,在监牢中哭泣。我每天不停地筑着围墙;当这道围墙高起接天的时候,我的真我便被高墙的黑影遮断不见了。

我以这道高墙自豪,我用沙土把它抹严,惟恐在这名字上还留着一丝罅隙;我煞费了苦心,我也看不见了真我。

30

我独自去赴幽会。是谁在暗寂中跟着我呢?

我走开躲他,但是我逃不掉。

他昂首阔步,使地上尘土飞扬;我说出的每一个字里,都掺杂着他的喊叫。

他就是我的小我,我的主,他恬不知耻;但和他一同到你门前,我却感到羞愧。

31

"囚人,告诉我,谁把你捆起来的?"

"是我的主人,"囚人说,"我以为我的财富与权力胜过世界上一切的人,我把我的国王的钱财聚敛在自己的宝库里。我昏困不过,睡在我主的床上,一觉醒来,我发现我在自己的宝库里做了囚人。"

"囚人,告诉我,是谁铸的这条坚牢的锁链?"

"是我,"囚人说,"是我自己用心铸造的。我以为我的无敌的权力会征服世界,使我有无碍的自由。我日夜用烈火重锤打造了这条铁链。等到工作完成,铁链坚牢完善,我发现这铁链把我捆住了。"

32

尘世上那些爱我的人,用尽方法拉住我。你的爱就不是那样，你的爱比他们的伟大得多，你让我自由。

他们从不敢离开我，恐怕我把他们忘掉。但是你，日子一天一天地过去，你还没有露面。

若是我不在祈祷中呼唤你，若是我不把你放在心上，你爱我的爱情仍在等待着我的爱。

33

白天的时候，他们来到我的房子里说，"我们只占用最小的一间屋子。"

他们说，"我们要帮忙你礼拜你的上帝，而且只谦恭地领受我们应得的一份恩典"；他们就在屋角安静谦柔地坐下。

但是在黑夜里，我发现他们强暴地冲进我的圣堂，贪婪地攫取了神坛上的祭品。

34

只要我一息尚存，我就称你为我的一切。

只要我真诚不灭，我就感觉到你在我的四围，任何事情，我都来请教你，任何时候都把我的爱献上给你。

只要我一息尚存，我就永不把你藏匿起来。

只要把我和你的意旨锁在一起的脚镣，还留着一小段，你的意旨就在我的生命中实现——这脚镣就是你的爱。

35

在那里，心是无畏的，头也抬得高昂；

在那里，知识是自由的；

在那里，世界还没有被狭小的家国的墙隔成片段；

在那里，话是从真理的深处说出；

在那里，不懈的努力向着“完美”伸臂；

在那里，理智的清泉没有沉没在积习的荒漠之中；

在那里，心灵是受你的指引，走向那不断放宽的思想与行为——

进入那自由的天国，我的父呵，让我的国家觉醒起来罢。

36

这是我对你的祈求，我的主——请你铲除，铲除我心里贫乏的根源。

赐给我力量使我能清闲地承受欢乐与忧伤。

赐给我力量使我的爱在服务中得到果实。

赐给我力量使我永不抛弃穷人也永不向淫威屈膝。

赐给我力量使我的心灵超越于日常琐事之上。

再赐给我力量使我满怀爱意地把我的力量服从你意志的指挥。

37

我以为我的精力已竭，旅程已终——前路已绝，储粮已尽，退隐在静默鸿蒙中的时间已经到来。

但是我发现你的意志在我身上不知有终点。旧的言语刚在舌尖上死去，新的音乐又从心上迸来；旧辙方迷，新的田野又在面前奇妙地展开。

38

我需要你，只需要你——让我的心不停地重述这句话。日夜引诱我的种种欲念，都是透顶的诈伪与空虚。

就像黑夜隐藏在祈求光明的朦胧里，在我潜意识的深处也响出呼声——我需要你，只需要你。

正如风暴用全力来冲击平静，却寻求终止于平静，我的反抗冲击着你的爱，而它的呼声也还是——我需要你，只需要你。

39

在我的心坚硬焦躁的时候，请洒我以慈霖。

当生命失去恩宠的时候，请赐我以欢歌。

当烦杂的工作在四围喧闹，使我和外界隔绝的时候，我的宁静的主，请带着你的和平与安息来临。

当我乞丐似的心，蹲闭在屋角的时候，我的国王，请你以王者的威仪破户而入。

当欲念以诱惑与尘埃来迷蒙我的心眼的时候，呵，圣者，你是清醒的，请你和你的雷电一同降临。

40

在我干枯的心上，好多天没有受到雨水的滋润了，我的上帝。天边是可怕的赤裸——没有一片轻云的遮盖，没有一丝远雨的凉意。

如果你愿意，请降下你的死黑的盛怒的风雨，以闪电震慑诸天罢。

但是请你召回，我的主，召回这弥漫沉默的炎热罢，它是沉重尖锐而又残忍，用可怕的绝望焚灼人心。

让慈云低垂下降，像在父亲发怒的时候，母亲的含泪的眼光。

41

我的情人，你站在大家背后，藏在何处的阴影中呢？在尘土飞扬的道上，他们把你推开走过，没有理睬你。在乏倦的时间，我摆开礼品来等候你，过路的人把我的香花一朵一朵地拿去，我的花篮几乎空了。

清晨，中午都过去了。暮色中，我倦眼蒙眬。回家的人们瞟着我微笑，使我满心羞惭。我像女丐一般地坐着，拉起裙儿盖上脸，当他们问我要什么的时候，我垂目没有答应。

呵，真的，我怎能告诉他们说我是在等候你，而且你也应许说你一定会来。我又怎能抱愧地说我的妆奁就是贫穷。呵，我在我心的微隐处紧抱着这一段骄荣。

我坐在草地上凝望天空，梦想着你来临时候那忽然炫耀的豪华——万彩交辉，车辇上金旗飞扬，在道旁众目睽睽之下，你从车座下降，把我从尘埃中扶起坐在你的旁边，这褴褛的丐女，含羞带喜，像蔓藤在暑风中颤摇。

但是时间流过了，还听不见你的车辇的轮声。许多仪仗队伍都在光彩喧阗中走过了。你只要静默地站在他们背后吗？我只能哭泣着等待，把我的心折磨在空虚的伫望之中吗？

42

在清晓的密语中，我们约定了同去泛舟，世界上没有一个人知道我们这无目的无终止的遨游。

在无边的海洋上，在你静听的微笑中，我的歌唱抑扬成调，像海波一般的自由，不受字句的束缚。

时间还没有到吗？你还有工作要做吗？看罢，暮色已经笼罩海岸，苍茫里海鸟已群飞归巢。

谁知道什么时候可以解开链索，这只船会像落日的余光，消融在黑夜之中呢？

43

那天我没有准备好来等候你，我的国王，你就像一个素不相识的平凡的人，自动地进到我的心里，在我生命的许多流逝的时光中，盖上了永生的印记。

今天我偶然照见了你的签印,我发现它们和我遗忘了的日常哀乐的回忆,杂乱地散掷在尘埃里。

你不曾鄙夷地避开我童年时代在尘土中的游戏,我在游戏室里所听见的足音,和在群星中的回响是相同的。

44

阴晴无定,夏至雨来的时节,在路旁等候瞭望,是我的快乐。

从不可知的天空带信来的使者们,向我致意又向前赶路。我衷心欢畅,吹过的风带着清香。

从早到晚我在门前坐地,我知道我一看见你,那快乐的时光便要突然来到。

这时我自歌自笑。这时空气里也充满着应许的芬芳。

45

你没有听见他静悄的脚步吗？他正在走来,走来,一直不停地走来。

每一个时间,每一个年代,每日每夜,他总在走来,走来,一直不停地走来。

在许多不同的心情里,我唱过许多歌曲,但在这些歌调里,我总在宣告说,“他正在走来,走来,一直不停地走来。”

四月芬芳的晴天里,他从林径中走来,走来,一直不停地走来。

七月阴暗的雨夜中,他坐着隆隆的云辇,前来,前来,一直不停在前来。

愁闷相继之中,是他的脚步踏在我的心上,是他的双脚的黄金般的接触,使我的快乐发出光辉。

46

我不知道从久远的什么时候,你就一直走近来迎接我。

你的太阳和星辰永不能把你藏起使我看不见你。

在许多清晨和傍晚,我曾听见你的足音,你的使者曾秘密地到我心里来召唤。

我不知道为什么今天我的生活完全激动了,一种狂欢的感觉穿过了我的心。

这就像结束工作的时间已到,我感觉到在空气中有你光降的微馨。

47

夜已将尽,等他又落了空。我怕在清晨我正在倦睡的时候,他忽然来到我的门前。呵,朋友们,给他开着门罢——不要拦阻他。

若是他的脚声没有把我惊醒,请不要叫醒我。我不愿意小鸟嘈杂的合唱,和庆祝晨光的狂欢的风声,把我从睡梦中吵醒。即使我的主突然来到我的门前,也让我无扰地睡着。

呵,我的睡眠,宝贵的睡眠,只等着他的摩触来消散。呵,我的合着的眼,只在他微笑的光中才开睫,当他像从洞黑的睡眠里浮现的梦一般地站立在我面前。

让他作为最初的光明和形象,来呈现在我的眼前。让他的眼光成为我觉醒的灵魂最初的欢跃。

让我自我的返回成为向他立地的皈依。

48

清晨的静海,漾起鸟语的微波;路旁的繁华,争妍斗艳;在我们匆忙赶路无心理睬的时候,云隙中散射出灿烂的金光。

我们不唱欢歌,也不嬉游;我们也不到村集上去交易;我们一语不发,也不微笑;我们不在路上流连。时间流逝,我们也加速了脚步。

太阳升到中天,鸽子在凉阴中叫唤。枯叶在正午的炎风中飞舞。牧童在榕树下做他的倦梦,我在水边卧下,在草地上展布我困乏的四肢。

我的同伴们嘲笑我;他们抬头疾走;他们不回顾也不休息;他们消失在远远的碧霭之中。他们穿过许多山林,经过生疏遥远的地方。长途上的英雄队伍呵,光荣是属于你们的!讥笑和责备要促我起立,但我却没有反应。我甘心没落在乐于接受的耻辱的深处——在模糊的快乐阴影之中。

阳光织成的绿阴的幽静,慢慢在笼罩着我的心。我忘记了旅行的目的,我无抵抗地把我的心灵交给阴影与歌曲的迷宫。

最后,我从沉睡中睁开眼,我看见你站在我身旁,我的睡眠沐浴在你的微笑之中。我从前是如何地惧怕,怕这道路的遥远困难,到你面前的努力是多么艰苦呵!

49

你从宝座上下来，站在我草舍门前。

我正在屋角独唱，歌声被你听到了。你下来站在我草舍门前。

在你的广厅里有许多名家，一天到晚都有歌曲在唱。但是这初学的简单的音乐，却得到了你的赏识。一支忧郁的小调，和世界的伟大音乐融合了，你还带了花朵作为奖赏，下了宝座停留在我的草舍门前。

50

我在村路上沿门求乞的时候，你的金辇像一个华丽的梦从远处出现，我在猜想这位万王之王是谁！

我的希望高升，我觉得我苦难的日子将要告终，我站着等候你自动的施与，等待那散掷在尘埃里的财宝。

车辇在我站立的地方停住了。你看到我，微笑着下车。我觉得我的运气到底来了。忽然你伸出右手来说："你有什么给我呢？"

呵，这开的是什么样的帝王的玩笑，向一个乞丐伸手求乞！我糊涂了，犹疑地站着，然后从我的口袋里慢慢地拿出一粒最小的玉米献上给你。

但是我一惊不小，当我在晚上把口袋倒在地上的时候，在我乞讨来的粗劣东西之中，我发现了一粒金子，我痛哭了，恨我没有慷慨地将我所有都献给你。

51

夜深了。我们一天的工作都已做完。我们以为投宿的客人都已来到。村里家家都已闭户了。只有几个人说,国王是要来的。我们笑了说:"不会的,这是不可能的事!"

仿佛门上有敲叩的声音,我们说那不过是风。我们熄灯就寝。只有几个人说:"这是使者!"我们笑了说:"不是,这一定是风!"

在死沉沉的夜里传来一个声音。朦胧中我们以为是远远的雷响。墙摇地动,我们在睡眠里受了惊扰。只有几个人说"这是车轮的声音"。我们昏困地嘟哝着说:"不是,这一定是雷响!"

鼓声响起的时候天还没亮。有声音喊着说:"醒来罢!别耽误了!"我们拿手按住心口,吓得发抖。只有几个人说:"看哪,这是国王的旗子!"我们爬起来站着叫:"没有时间再耽误了!"

国王已经来了——但是灯火在哪里呢,花环在哪里呢?给他预备的宝座在哪里呢?呵,丢脸,呵,太丢脸了!客厅在哪里,陈设又在哪里呢?有几个人说了,"叫也无用了!用空手来迎接他罢,带他到你的空房里去罢!"

开起门来,吹起法螺罢!在深夜中国王降临到我黑暗凄凉的房子里了。空中雷声怒吼。黑暗和闪电一同颤抖。拿出你的破席铺在院子里罢。我们的国王在可怖之夜与暴风雨一同突然来到了。

52

我想我应当向你请求——可是我又不敢——你那挂在颈上的玫瑰花环。这样我等到早上,想在你离开的时候,从你床上找到些碎片。我像乞丐一样破晓就来寻找,只为着一两片散落的花瓣。

呵,我呵,我找到了什么呢?你留下了什么爱的表记呢?那不是花朵,不是香料,也不是一瓶香水。那是你的一把巨剑,火焰般放光,雷霆般沉重。清晨的微光从窗外射到床上。晨鸟喊喊喳喳着问:“女人,你得到了什么呢?”不,这不是花朵,不是香料,也不是一瓶香水——这是你的可畏的宝剑。

我坐着猜想,你这是什么礼物呢。我没有地方去藏放它。我不好意思佩戴它,我是这样的柔弱,当我抱它在怀里的时候,它就把我压痛了。但是我要把这光宠铭记在心,你的礼物,这痛苦的负担。

从今起在这世界上我将没有畏惧,在我的一切奋斗中你将得到胜利。你留下死亡和我做伴,我将以我的生命给他加冕。我带着你的宝剑来斩断我的羁勒,在世界上我将没有畏惧。

从今起我要抛弃一切琐碎的装饰。我心灵的主,我不再在一隅等待哭泣,也不再畏怯娇羞。你已把你的宝剑给我佩戴。我不再要玩偶的装饰品了!

53

你的手镯真是美丽，镶着星辰，精巧地嵌着五光十色的珠宝。但是依我看来你的宝剑是更美的，那弯弯的闪光像毗湿奴的神鸟展开的翅翼，完美地平悬在落日怒发的红光里。

它颤抖着像生命受死亡的最后一击时，在痛苦的昏迷中的最后反应；它炫耀着像将尽的世情的纯焰，最后猛烈的一闪。

你的手镯真是美丽，镶着星辰般的珠宝；但是你的宝剑，呵，雷霆的主，是铸得绝顶美丽，看到想到都是可畏的。

54

我不向你求什么；我不向你耳中陈述我的名字。当你离开的时候我静默地站着。我独立在树影横斜的井旁，女人们已顶着褐色的瓦罐盛满了水回家了。她们叫我说“和我们一块来罢，都快到了中午了”。但我仍在慵倦地流连，沉入恍惚的默想之中。

你走来时我没有听到你的足音。你含愁的眼望着我，你低语的时候声音是倦乏的——“呵，我是一个干渴的旅客。”我从幻梦中惊起把我罐里的水倒在你掬着的手掌里。树叶在头上萧萧地响着；杜鹃在幽暗处歌唱，曲径里传来胶树的花香。

当你问到我的名字的时候，我羞得悄立无言。真的，我替你做了什么，值得你的忆念？但是我幸能给你饮水止渴的这段回忆，将温馨地贴抱在我的心上。天已不早，鸟儿唱着倦歌，棟树叶子在头上沙沙作响，我坐着反复地想了又想。

55

乏倦压在你的心上，你眼中尚有睡意。

你没有得到消息说荆棘丛中花朵正在盛开吗？醒来罢，呵，醒来！不要让光阴虚度了！

在石径的尽头，在幽静无人的田野里，我的朋友在独坐着。不要欺骗他罢。醒来，呵，醒来罢！

即使正午的骄阳使天空喘息摇颤——即使灼热的沙地展布开它干渴的巾衣——

在你心的深处难道没有快乐吗？你的每一个足音，不会使道路的琴弦迸出痛苦的柔音吗？

56

只因你的快乐是这样地充满了我的心。只因你曾这样地俯就我。呵，你这诸天之主，假如没有我，你还爱谁呢？

你使我做了你这一切财富的共享者。在我心里你的欢乐不住地遨游。在我生命中你的意志永远实现。

因此，你这万王之王曾把自己修饰了来赢取我的心。因此你的爱也消融在你情人的爱里，在那里，你又以我俩完全合一的形象显现。

57

光明,我的光明,充满世界的光明,吻着眼目的光明,甜沁心腑的光明!

呵,我的宝贝,光明在我生命的一角跳舞;我的宝贝,光明在勾拨我爱的心弦;天开了,大风狂奔,笑声响彻大地。

蝴蝶在光明海上展开翅帆。百合与茉莉在光波的浪花上翻涌。

我的宝贝,光明在每朵云彩上散映成金,它撒下无量的珠宝。

我的宝贝,快乐在树叶间伸展,欢喜无边。天河的堤岸淹没了,欢乐的洪水在四散奔流。

58

让一切欢乐的歌调都融合在我最后的歌中——那使大地草海欢呼摇动的快乐,那使生和死两个孪生弟兄,在广大的世界上跳舞的快乐,那和暴风雨一同卷来,用笑声震撼惊醒一切的生命和快乐,那含泪默坐在盛开的痛苦的红莲上的快乐,那不知所谓,把一切所有抛掷于尘埃中的快乐。

59

是的,我知道,这只是你的爱,呵,我心爱的人——这在树叶上跳舞的金光,这些驶过天空的闲云,这使我头额清爽的吹过的凉风。

清晨的光辉涌进我的眼睛——这是你传给我心的消息。你的脸容下俯，你的眼睛下望着我的眼睛，我的心接触到了你的双足。

60

孩子们在无边的世界的海滨聚会。头上是静止的无垠的天空，不宁的海波奔腾喧闹。在无边的世界的海滨，孩子们欢呼跳跃地聚会着。

他们用沙子盖起房屋，用空贝壳来游戏。他们把枯叶编成小船，微笑着把它们漂浮在深远的海上。孩子在世界的海滨做着游戏。

他们不会凫水，他们也不会撒网。采珠的人潜水寻珠，商人们奔波航行，孩子们收集了石子却又把它们丢弃了。他们不搜求宝藏，他们也不会撒网。

大海涌起了喧笑，海岸闪烁着苍白的微笑。致人死命的波涛，像一个母亲在摇着婴儿的摇篮一样，对孩子们唱着无意义的谣歌。大海在同孩子们游戏，海岸闪烁着苍白的微笑。

孩子们在无边的世界的海滨聚会。风暴在无路的天空中飘游，船舶在无轨的海上破碎，死亡在猖狂，孩子们却在游戏。在无边的世界的海滨，孩子们盛大地聚会着。

61

这掠过婴儿眼上的睡眠——有谁知道它是从哪里来的

吗？是的，有谣传说它住在林阴中，萤火朦胧照着的仙村里，那里挂着两颗甜柔迷人的花蕊。它从那里来吻着婴儿的眼睛。

在婴儿睡梦中唇上闪现的微笑——有谁知道它是从哪里生出来的吗？是的，有谣传说一线新月的微光，触到了消散的秋云的边缘，微笑就在被朝雾洗净的晨梦中，第一次生出来了——这就是那婴儿睡梦中唇上闪现的微笑。

在婴儿的四肢上，花朵般喷发的甜柔清新的生气，有谁知道它是在哪里藏了这么许久吗？是的，当母亲还是一个少女，它就在温柔安静的爱的神秘中，充塞在她的心里了——这就是那婴儿四肢上喷发的甜柔新鲜的生气。

62

当我送你彩色玩具的时候，我的孩子，我了解为什么云中水上会幻弄出这许多颜色，为什么花朵都用颜色染起——当我送你彩色玩具的时候，我的孩子。

当我唱歌使你跳舞的时候，我彻底地知道为什么树叶上响出音乐，为什么波浪把它们的合唱送进静听的大地的心头——当我唱歌使你跳舞的时候。

当我把糖果递到你贪婪的手中的时候，我懂得为什么花心里有蜜，为什么水果里隐藏着甜汁——当我把糖果递到你贪婪的手中的时候。

当我吻你的脸使你微笑的时候，我的宝贝，我的确了解晨光从天空流下时，是怎样地高兴，暑天的凉风吹到我身上时是怎样地愉快——当我吻你的脸使你微笑的时候。

63

你使不相识的朋友认识了我。你在别人家里给我准备了座位。你缩短了距离，你把生人变成弟兄。

在我必须离开故居的时候，我心里不安；我忘了是旧人迁入新居，而且你也住在那里。

通过生和死，今生或来世，无论你带领我到哪里，都是你，仍是你，我的无穷生命中的惟一伴侣，永远用欢乐的系链，把我的心和陌生的人联系在一起。

人一认识了你，世上就没有陌生的人，也没有了紧闭的门户。呵，请允许我的祈求，使我在与众生游戏之中，永不失去和你单独接触的福祉。

64

在荒凉的河岸上，深草丛中，我问她，"姑娘，你用披纱遮着灯，要到哪里去呢？我的房子黑暗寂寞，——把你的灯借给我罢。"她抬起乌黑的眼睛，从暮色中看了我一会。"我到河边来，"她说，"要在太阳西下的时候，把我的灯漂浮到水上去。"我独立在深草中看着她的灯的微弱的火光，无用地在潮水上漂流。

在薄暮的寂静中，我问她，"你的灯火都已点上了——那么你拿着这灯到哪里去呢？我的房子黑暗寂寞，——把你的灯借给我罢。"她抬起乌黑的眼睛望着我的脸，站着沉吟了一会。最后她说，"我来是要把我的灯献给上天。"我站着看她的灯光在天空中无用地燃点着。

在无月的夜半朦胧之中，我问她，“姑娘，你做什么把灯抱在心前呢？我的房子黑暗寂寞，——把你的灯借给我罢。”她站住沉思了一会，在黑暗中注视着我的脸。她说，“我是带着我的灯，来参加灯节的。”我站着看着她的灯，无用地消失在众光之中。

65

我的上帝，从我满溢的生命之杯中，你要饮什么样的圣酒呢？

通过我的眼睛，来观看你自己的创造物，站在我的耳门上，来静听你自己的永恒的谐音，我的诗人，这是你的快乐吗？

你的世界在我的心灵里织上字句，你的快乐又给它们加上音乐。你把自己在梦中交给了我，又通过我来感觉你自己的完满的甜柔。

66

那在神光离合之中，潜藏在我生命深处的她；那在晨光中永远不肯揭开面纱的她，我的上帝，我要用最后的一首歌把她包裹起来，作为我给你的最后的献礼。

无数求爱的话，都已说过，但还没有赢得她的心；劝诱向她伸出渴望的臂，也是枉然。

我把她深藏在心里，到处漫游，我生命的荣枯围绕着她起落。

她统治着我的思想、行动和睡梦，她却自己独居索处。

许多的人叩我的门来访问她，都失望地回去。

在这世界上从没有人和她面对过，她在孤守着静待你的赏识。

67

你是天空，你也是窝巢。

呵，美丽的你，在窝巢里就是你的爱，用颜色、声音和香气来围拥住灵魂。

在那里，清晨来了，右手提着金筐，带着美的花环，静静地替大地加冕。

在那里，黄昏来了，越过无人畜牧的荒林，穿过车马绝迹的小径，在她的金瓶里带着安静的西方海上和平的凉飙。

但是在那里，纯白的光辉，统治着伸展着的为灵魂翱翔的无际的天空。在那里无昼无夜，无形无色，而且永远，永远无有言说。

68

你的阳光射到我的地上，整天地伸臂站在我门前，把我的眼泪、叹息和歌曲变成的云彩，带回放在你的足边。

你喜爱地将这云带缠围在你的星胸之上，绕成无数的形式和褶纹，还染上变幻无穷的色彩。

它是那样的轻柔，那样的飘扬，温软，含泪而黯淡，因此你就爱惜它，呵，你这庄严无瑕者。这就是为什么它能够以它可怜的阴影遮掩你的可畏的白光。

69

就是这股生命的泉水,日夜流穿我的血管,也流穿过世界,又应节地跳舞。

就是这同一的生命,从大地的尘土里快乐地伸放出无数片的芳草,迸发出繁花密叶的波纹。

就是这同一的生命,在潮汐里摇动着生和死的大海的摇篮。

我觉得我的四肢因受着生命世界的爱抚而光荣。我的骄傲,是因为时代的脉搏,此刻在我血液中跳动。

70

这欢欣的音律不能使你欢欣吗?不能使你回旋激荡,消失碎裂在这可怖的快乐旋转之中吗?

万物急遽地前奔,它们不停留也不回顾,任何力量都不能挽住它们,它们急遽地前奔。

季候应和着这急速不宁的音乐,跳舞着来了又去——颜色、声音、香味在这充溢的快乐里,汇注成奔流无尽的瀑泉,时时刻刻地在散溅、退落而死亡。

71

我应当自己发扬光大,四周放射,投映彩影于你的光辉之中——这便是你的幻境。

你在你自身里立起隔栏，用无数不同的音调来呼唤你的分身。你这分身已在我体内形成。

高亢的歌声响彻诸天，在多彩的眼泪与微笑，震惊与希望中回应着；波起复落，梦破又圆。在我里面是你自身的破灭。

你卷起的那重帘幕，是用昼和夜的画笔，绘出了无数的花样。幕后的你的座位，是用奇妙神秘的曲线织成，抛弃了一切无聊的笔直的线条。

你我组成的伟丽的行列，布满了天空。因着你我的歌声，太空都在震颤，一切时代都在你我捉迷藏中度过了。

72

就是他，那最深奥的，用他深隐的摩触使我清醒。

就是他把神符放在我的眼上，又快乐地在我心弦上弹弄出种种哀乐的调子。

就是他用金、银、青、绿的灵幻的色丝，织起幻境的披纱，他的脚趾从衣褶中外露，在他的摩触之下，我忘却了自己。

日来年往，就是他永远以种种名字，种种姿态，种种的深悲和极乐，来打动我的心。

73

在断念屏欲之中，我不需要拯救。在万千欢愉的约束里我感到了自由的拥抱。

你不断地在我的瓦罐里满满地斟上不同颜色不同芬芳的

新酒。

我的世界,将以你的火焰点上他的万盏不同的明灯,安放在你庙宇的坛前。

不,我永不会关上我感觉的门户。视、听、触的快乐会含带着你的快乐。

是的,我的一切幻想会燃烧成快乐的光明,我的一切愿望将结成爱的果实。

74

白日已过,暗影笼罩大地。是我到河边汲水的时候了。

晚空凭着水的凄音流露着切望。呵,它呼唤我出到暮色中来。荒径上断绝人行,风起了,波浪在河里翻腾。

我不知道是否应该回家去。我不知道我会遇见什么人。浅滩的小舟上有个不相识的人正弹着琵琶。

75

你赐给我们世人的礼物,满足了我们一切的需要,可是它们又毫未减少地返回到你那里。

河水有它每天的工作,匆忙地穿过田野和村庄;但它的不绝的水流,又曲折地回来洗你的双脚。

花朵以芬芳熏香了空气;但它最终的任务,是把自己献上给你。

对你供献不会使世界困穷。

人们从诗人的字句里,选取自己心爱的意义;但是诗句的最终意义是指向着你。

76

过了一天又是一天，呵，我生命的主，我能够和你对面站立吗？呵，全世界的主，我能合掌和你对面站立吗？

在广阔的天空下，严静之中，我能够带着虔恭的心，和你对面站立吗？

在你的劳碌的世界里，喧腾着劳作和奋斗，在营营扰扰的人群中，我能和你对面站立吗？

当我已做完了今生的工作，呵，万王之王，我能够独自悄立在你的面前吗？

77

我知道你是我的上帝，却远立在一边——我不知道你是属我的，就走近你。我知道你是我的父亲，就在你脚前俯伏——我没有像和朋友握手那样的紧握你的手。

我没有在你降临的地方，站立等候，把你抱在胸前，当你做同志，把你占有。

你是我弟兄的弟兄，但是我不理他们，不把我赚得的和他们平分，我以为这样做，才能和你分享我的一切。

在快乐和苦痛里，我都没有站在人类的一边，我以为这样做，才能和你站在一起。

我畏缩着不肯舍生，因此我没有跳入生命的伟大的海洋里。

78

当鸿蒙初辟，繁星第一次射出灿烂的光辉，众神在天上集会，唱着“呵，完美的画图，完全的快乐！”

有一位神忽然叫起来了——“光链里仿佛断了一环，一颗星星走失了。”

他们金琴的弦子猛然折断了，他们的歌声停止了，他们惊惶地叫着——“对了，那颗走失的星星是最美的，她是诸天的光荣！”

从那天起，他们不住地寻找她，众口相传地说，因为她丢了，世界失去了一种快乐。

只在严静的夜里，众星微笑着互相低语说——“寻找是无用的，无缺的完美正笼盖着一切！”

79

假如我今生无缘遇到你，就让我永远感到恨不相逢——让我念念不忘，让我在醒时梦中都怀带着这悲哀的苦痛。

当我的日子在世界的闹市中度过，我的双手满捧着每日的赢利的时候，让我永远觉得我是一无所获——让我念念不忘，让我在醒时梦中都怀带着这悲哀的苦痛。

当我坐在路边，疲乏喘息，当我在尘土中铺设卧具，让我永远记着前面还有悠悠的长路——让我念念不忘，让我在醒时梦中都怀带着这悲哀的苦痛。

当我的屋子装饰好了，箫笛吹起，欢笑声喧的时候，让我永远觉得我还没有请你光临——让我念念不忘,让我在醒时梦中都怀带着这悲哀的苦痛。

80

我像一片秋天的残云,无主地在空中飘荡,呵,我的永远光耀的太阳!你的摩触还没有蒸化了我的水汽,使我与你的光明合一,因此我计算着和你分离的悠长的年月。

假如这是你的愿望,假如这是你的游戏,就请把我这流逝的空虚染上颜色,镀上金辉,让它在狂风中飘浮,舒卷成种种的奇观。

而且假如你愿意在夜晚结束了这场游戏,我就在黑暗中,或在灿白晨光的微笑中,在净化的清凉中,溶化消失。

81

在许多闲散的日子,我悼惜着虚度了的光阴。但是光阴并没有虚度,我的主。你掌握了我生命里寸寸的光阴。

你潜藏在万物的心里,培育着种子发芽,蓓蕾绽红,花落结实。

我困乏了,在闲榻上睡眠,想象一切工作都已停歇。早晨醒来,我发现我的园里,却开遍了异蕊奇花。

82

你手里的光阴是无限的,我的主。你的分秒是无法计算的。

夜去明来，时代像花开花落。你晓得怎样来等待。

你的世纪，一个接着一个，来完成一朵小小的野花。

我们的光阴不能浪费，因为没有时间，我们必须争取机缘。我们太穷苦了，决不可迟到。

因此，在我把时间让给每一个性急的，向我索要时间的人，我的时间就虚度了，最后你的神坛上就没有一点祭品。

一天过去，我赶忙前来，怕你的门已经关闭；但是我发现时间还有充裕。

83

圣母呵，我要把我悲哀的眼泪穿成珠链，挂在你的颈上。

星星把光明做成足镯，来装扮你的双足，但是我的珠链要挂在你的胸前。

名利自你而来，也全凭你的予取。但这悲哀却完全是我自己的，当我把它当作祭品献给你的时候，你就以你的恩慈来酬谢我。

84

离愁弥漫世界，在无际的天空中生出无数的情景。

就是这离愁整夜地悄望星辰，在七月阴雨之中，萧萧的树籁变成抒情的诗歌。

就是这笼压弥漫的痛苦，加深而成为爱、欲，而成为人间的苦乐；就是它永远通过诗人的心灵，融化流涌而成为诗歌。

85

当战士们从他们主公的明堂里刚走出来，他们的武力藏在哪里呢？他们的甲胄和干戈藏在哪里呢？

他们显得无助、可怜，当他们从他们主公的明堂走出的那一天，如雨的箭矢向着他们飞射。

当战士们整队走回他们主公的明堂里的时候，他们的武力藏在哪里呢？

他们放下了刀剑和弓矢；和平在他们的额上放光，当他们整队走回他们主公的明堂的那一天，他们把他们生命的果实留在后面了。

86

死亡，你的仆人，来到我的门前。他渡过不可知的海洋临到我家，来传达你的召令。

夜色沉黑，我心中畏惧——但是我要端起灯来，开起门来，鞠躬欢迎他。因为站在我门前的是你的使者。

我要含泪地合掌礼拜他。我要把我心中的财产，放在他脚前，来礼拜他。

他的使命完成了就要回去，在我的晨光中留下了阴影；在我萧条的家里，只剩下孤独的我，作为最后献你的祭品。

87

在无望的希望中，我在房里的每一个角落找她；我找不到她。

我的房子很小，一旦丢了东西就永远找不回来。

但是你的房子是无边无际的，我的主，为着找她，我来到了你的门前。

我站在你薄暮金色的天穹下，向你抬起渴望的眼。

我来到了永恒的边涯，在这里万物不灭——无论是希望，是幸福，或是从泪眼中望见的人面。

呵，把我空虚的生命浸到这海洋里罢，跳进这最深的完满里罢。让我在宇宙的完整里，感觉一次那失去的温馨的接触罢。

88

破庙里的神呵！七弦琴的断线不再弹唱赞美你的诗歌。晚钟也不再宣告礼拜你的时间。你周围的空气是寂静的。

流荡的春风来到你荒凉的居所。它带来了香花的消息——就是那素来供养你的香花，现在却无人来呈献了。

你的礼拜者，那些漂泊的旅人，永远在企望那还未得到的恩典。黄昏来到，灯光明灭于尘影之中，他困乏地带着饥饿的心回到这破庙里来。

许多佳节都在静默中来到，破庙的神呵。许多礼拜之夜，也在无火无灯中度过了。

精巧的艺术家，造了许多新的神像，当他们的末日来到了，便被抛入遗忘的圣河里。

只有破庙的神遗留在无人礼拜的、不死的冷淡之中。

89

我不再高谈阔论了——这是我主的意旨。从那时起我轻声细语。我心里的话要用歌曲低唱出来。

人们急急忙忙地到国王的市场上去，买卖的人都在那里。但在工作正忙的正午，我就早早地离开。

那就让花朵在我的园中开放，虽然花时未到；让蜜蜂在中午奏起他们慵懒的嗡哼。

我曾把充分的时间，用在理欲交战里，但如今是我暇日游侣的雅兴，把我的心拉到他那里去；我也不知道这忽然的召唤，会引到什么突出的奇景。

90

当死神来叩你门的时候，你将以什么贡献他呢？

呵，我要在我客人面前，摆上我的满斟的生命之杯——我决不让他空手回去。

我一切的秋日和夏夜和丰美的收获，我匆促的生命中的一切获得和收藏，在我临终，死神来叩我的门的时候，我都要摆在他的面前。

91

呵,你这生命最后的完成,死亡,我的死亡,来对我低语罢!

我天天地在守望着你;为你,我忍受着生命中的苦乐。

我的一切存在,一切所有,一切希望,和一切的爱,总在深深的秘密中向你奔流。你的眼睛向我最后一盼,我的生命就永远是你的。

花环已为新郎编好。婚礼行过,新娘就要离家,在静夜里和她的主人独对了。

92

我知道这日子将要来到,当我眼中的人世渐渐消失,生命默默地向我道别,把最后的帘幕拉过我的眼前。

但是星辰将在夜中守望,晨曦仍旧升起,时间像海波的汹涌,激荡着欢乐与哀伤。

当我想到我的时间的终点,时间的隔栏便破裂了,在死的光明中,我看见了你的世界和这世界里弃置的珍宝。最低的座位是极其珍奇的,最小的生物也是世间少有的。

我追求而未得到和我已经得到的东西——让它们过去罢。只让我真正地据有了那些我所轻视和忽略的东西。

93

我已经请了假。弟兄们,祝我一路平安罢!我向你们大家鞠了躬就启程了。

我把我门上的钥匙交还——我把房子的所有权都放弃了。我只请求你们最后的几句好话。

我们做过很久的邻居,但是我接受的多,给与的少。现在天已破晓,我黑暗屋角的灯光已灭。召命已来,我就准备启行了。

94

在我动身的时光,祝我一路福星罢,我的朋友们!天空里晨光辉煌,我的前途是美丽的。

不要问我带些什么到那边去。我只带着空空的手和企望的心。

我要戴上我婚礼的花冠。我穿的不是红褐色的行装,虽然间关险阻,我心里也没有惧怕。

旅途尽处,晚星将生,从王宫的门口将弹出黄昏的凄乐。

95

当我刚跨过此生的门槛的时候,我并没有发觉。

是什么力量使我在这无边的神秘中开放,像一朵嫩蕊,中夜在森林里开花!

早起我看到光明，我立时觉得在这世界里我不是一个生人，那不可思议、不可名状的，已以我自己母亲的形象，把我抱在怀里。

就是这样，在死亡里，这同一的不可知者又要以我熟识的面目出现。因为我爱今生，我知道我也会一样在爱死亡。

当母亲从婴儿口中拿开右乳的时候，他就啼哭，但他立刻又从左乳得到了安慰。

96

当我走的时候，让这个作我的别话罢，就是说我所看过的是卓绝无比的。

我曾尝过在光明海上开放的莲花里的隐蜜，因此我受了祝福——让这个作我的别话罢。

在这形象万千的游戏室里，我已经游玩过，在这里我已经瞥见了那无形象的他。

我浑身上下因着那无从接触的他的摩抚而喜颤；假如死亡在这里来临，就让它来好了——让这个作我的别话罢。

97

当我是同你做游戏的时候，我从来没有问过你是谁。我不懂得羞怯和惧怕，我的生活是热闹的。

清晨你就来把我唤醒，像我自己的伙伴一样，带着我跑过林野。

那些日子，我从来不想去了解你对我唱的歌曲的意义。

我只随声附和，我的心应节跳舞。

现在，游戏的时光已过，这突然来到我眼前的情景是什么呢？世界低下眼来看着你的双脚，和它的肃静的众星一同敬畏地站着。

98

我要以胜利品，我的失败的花环，来装饰你。逃避不受征服，是我永远做不到的。

我准知道我的骄傲会碰壁，我的生命将因着极端的痛苦而炸裂，我的空虚的心将像一支空苇呜咽出哀音，顽石也融成眼泪。

我准知道莲花的百瓣不会永远闭合，深藏的花蜜定将显露。

从碧空将有一只眼睛向我凝视，在默默地召唤我。我将空无所有，绝对的空无所有，我将从你脚下领受绝对的死亡。

99

当我放下舵盘，我知道你来接收的时候到了。当做的事立刻要做了。挣扎是无用的。

那就把手拿开，静默地承认失败罢，我的心呵，要想到能在你的岗位上默坐，还算是幸运的。

我的几盏灯都被一阵阵的微风吹灭了，为想把它们重新点起，我屡屡地把其他的事情都忘却了。

这次我要聪明一点，把我的席子铺在地上，在暗中等候；

什么时候你高兴,我的主,悄悄地走来坐下罢。

100

我跳进形象海洋的深处,希望能得到那无形象的完美的珍珠。

我不再以我的旧船去走遍海港,我乐于弄潮的日子早已过去了。

现在我渴望死于不死之中。

我要拿起我的生命的弦琴,进入无底深渊旁边,那座涌出无调的乐音的广厅。

我要调拨我的琴弦,和永恒的乐音合拍,当它呜咽出最后的声音时,就把我静默的琴儿放在静默的脚边。

101

我这一生永远以诗歌来寻求你。它们领我从这门走到那门,我和它们一同摸索,寻求着,接触着我的世界。

我所学过的功课,都是诗歌教给我的;它们把捷径指示给我,它们把我心里地平线上的许多星辰,带到我的眼前。

它们整天地带领我走向苦痛和快乐的神秘之国,最后,在我旅程终点的黄昏,它们要把我带到哪一座宫殿的门首呢?

102

我在人前夸说我认得你。在我的作品中,他们看到了你的画像。他们走来问我:“他是谁?”我不知道怎么回答。我说:“真的,我说不出来。”他们斥责我,轻蔑地走开了。你却坐在那里微笑。

我把你的事迹编成不朽的诗歌。秘密从我心中涌出。他们走来问我:“把所有的意思都告诉我们罢。”我不知道怎样回答。我说:“呵,谁知道那是什么意思!”他们哂笑了,鄙夷之极地走开。你却坐在那里微笑。

103

在我向你合十膜拜之中,我的上帝,让我一切的感知都舒展在你的脚下,接触这个世界。

像七月的湿云,带着未落的雨点沉沉下垂,在我同你合十膜拜之中,让我的全副心灵在你的门前俯伏。

让我所有的诗歌,聚集起不同的调子,在我向你合十膜拜之中,成为一股洪流,倾注入静寂的大海。

像一群思乡的鹤鸟,日夜飞向它们的山巢,在我向你合十膜拜之中,让我全部的生命,启程回到它永久的家乡。

译者附记

这本《吉檀迦利》是印度大诗人泰戈尔的诗集。“吉檀迦利”就是印度语“献诗”的意思。

泰戈尔(1861—1941)是印度人民最崇拜最热爱的诗人。他参加领导了印度的文艺复兴运动,他排除了他周围的纷乱窒塞的,多少含有殖民地奴化的,从英国传来的西方文化,而深入研究印度自己的悠久优秀的文化。他进到乡村,从农夫、村妇、瓦匠、石工那里,听取神话、歌谣和民间故事,然后用孟加拉文字写出最素朴最美丽的散文和诗歌。

这本献诗集里的一百零三首诗,是他在五十岁那年(1911)从他的三本诗集——《奈维德雅》(奉献)、《克雅》(渡河)和《吉檀迦利》(献诗)——里面,以及从一九〇八年起散见于印度各报章杂志上的诗歌,自己选译成英文的。

从这一百零三首诗中,我们可以深深地体会到这位伟大的印度诗人是怎样地热爱自己的有着悠久优秀文化的国家,热爱这国家里爱和平爱民主的劳动人民,热爱这国家的雄伟美丽的山川。从这些首诗的字里行间,我们看见了提灯顶罐,巾帔飘扬的印度妇女;田间路上流汗辛苦的印度工人和农民;园中渡口弹琴吹笛的印度音乐家;海边岸上和波涛一同跳跃喧笑的印度孩子,以及热带地方的郁雷急雨、丛树繁花……我们似乎听得到那繁密的雨点，闻得到那浓郁的花香。

在我到过印度之后，我更深深地觉得泰戈尔是属于印度人民的，印度人民的生活是他创作的源泉。他如鱼得水地生活在热爱韵律和诗歌的人民中间，他用人民自己生动素朴的语言，精炼成最清新最流利的诗歌，来唱出印度广大人民的悲哀与快乐，失意与希望，怀疑与信仰。因此他的诗在印度是“家弦户诵”，他永远生活在广大人民的心中。

这本诗集，是从英文的译本转译的，既不能摹拟出孟加拉原文的富有音乐性的、有韵律的民歌形式，也没有能够传达出英译文的热烈美妙的诗情，在此我要感谢在百忙中替我根据孟加拉文原作校阅的石素真女士，没有她，我是没有胆量来翻译的。

冰　心

一九五五年三月十三日

故事诗

石真 译

序　诗*

　讲个故事,讲个故事吧!
悠久的往世啊,在这无尽的长夜里
　为什么只沉默地呆坐着呢?
　讲个故事,讲个故事吧!
无数朝代将它的传说
　倾注在你的海底,
多少生命的细流汇聚在
　你浩瀚的海洋里。
在那里它们不再是奔流的活水,
它们消失了潺潺的低语——
可怕的沉默,微波不起。
　你把它们带到哪里去呢?
悠久的往世啊,你在我的心里
　讲个故事,讲个故事吧!

　讲个故事,讲个故事吧!
沉默的往世啊,你洞悉一切秘密。

* 本诗无题,也未注明写作的年月,《序诗》的题目是译者加的。

你并非麻木无情，
为什么不讲话呢？
我的灵魂听到了
你的脚步声，你心的跳动，
把你成年累月积蓄的传说
留在我的心底吧！
往世啊，知道你喜欢在夜里
为世人悄悄讲述古往的事迹，
闹嚷嚷白昼的动荡里
你喜欢静止休息。
往世啊，你在我的心里悄悄地
讲个故事，讲个故事吧！

讲个故事，讲个故事吧！
任何佳话传奇你从不忘记，
一切你都保留收集，
讲个故事，讲个故事吧！
你一生都以
看不见的字迹
生动有趣地记录下
祖先们的故事。
人们也许忘记了他们的事迹，
你却一点一滴都记在心里，
那些被遗忘了的哑默的故事传说
是你让它们流传后世，滔滔不绝。
让它们发出声音吧！博闻广记的往世，
讲个故事，讲个故事吧！

无上布施*

“我以佛陀的名义求你布施，
喂！世人们，谁是醒了的？”
给孤独长者①用低沉的声音
——庄严地呼唤。

那时候，初升的太阳，
在舍卫城接天的宫阙上
恰才睁开了睡意蒙眬的
绛红的笑眼。

颂神的弹唱者酣睡正浓
祝福的晨歌还不曾唱起，
杜鹃怀疑着天色是否黎明
啼声轻缓而迟疑。

* 这故事取自《撰集百缘经》，它是印度佛教譬喻文学中最古的典籍。此书在公元三世纪时由吴月氏支谦译成汉语。

① 给孤独长者，佛的大弟子。中印度憍萨罗国舍卫城的富商，性慈善，好施孤独，因有此名。

比丘高呼:"酣睡的城市,
觉醒起来吧!给我布施。"
这呼声使梦寐中的男女
　　　　引起一阵战栗。

"世人们!六月里的云霞
洒下甘霖情愿牺牲自己。
大千世界上一切宗教里
　　　　施舍最第一。"

这声音仿佛湿婆天①的乐章
传自遥远的凯拉萨②深山里,
深深地震撼了红尘十丈中
　　　　　　欢醉的男女。

江山财富填不满国王心中的空虚,
忙碌的家主为家务的繁琐而叹息,
年轻美貌的姑娘们却无缘无故地
　　　　　　　　　滚下了泪滴。

那为爱欲的欢乐而心跳的人们
回忆起逝去的昨夜的柔情蜜意,
正好似被踏碎了的花环上一朵

① 湿婆天,印度教毁灭之神,同时也是再生之神。
② 凯拉萨,山名,意云妙高峰,湿婆的天宫所在地。

干枯的茉莉。

人们打开了自家的窗户，
眨动着睡意蒙眬的眼睛
伸出头来好奇地凝望着
薄暗中的街路。

“醒来，为佛陀施舍财富”的
呼声传进沉睡的千门万户，
空旷的街心里独自走来了
释迦的门徒。

珠宝商人们的爱女与娇妻
一捧捧把珍宝抛在街心里，
有人摘下项链，有人献出
头上的摩尼①。

财主们捧出了一盘盘黄金，
比丘不睬，任它弃置在地，
只高喊着：“为了佛陀我向
你们乞求。”

尘土蒙上了施舍的锦绣衣裾，
金银珠宝泛异彩在晨光里，

① 摩尼，珍珠。

给孤独长者却依旧手托着
空空的钵盂。

“世人们，注意！福佑我们的
是众比丘的主人——释迦牟尼，
布施给他，你们所有财富里
那最好的。”

国王回宫，珠宝商人也转回家去，
任何供养都不配作为敬佛的献礼，
舍卫国偌大的繁华城市在羞惭里
垂下头去。

太阳升起在东方的天际，
城市的人们已不再休息，
比丘从大街上缓缓踱进
城边的树林里。

地上躺着一位贫穷的妇女，
身上裹着一件褴褛的破衣，
她走来跪在比丘莲花足前
双手接足顶礼。

妇人躲进树林，从身上
脱掉那件惟一的破布衣，
伸出手来，毫不顾惜地

把它抛出林际。

比丘欢呼着高举双臂：
“祝福你，可敬的母亲，
是你在一念间圆成了
佛陀的心意。”

比丘欢喜地离开城市，
头顶着那件破烂布衣，
前去把它献在释迦佛
光辉的脚底。

一八九八年十月

代理人

有一天，希瓦吉[①]
　在塞达拉堡门前
　　清晨里忽然望见——
拉姆达斯，他的师傅，
　像穷人一样可怜——
　　正一家家挨门化缘。
他想：这是怎么一回事！
　师傅竟拿着乞食的钵盂！
　　他的家境一点也不贫寒！
一切他都拥有，
　国王匍匐在他脚前，
　　他的欲望竟无法填满。
好像日夜把水倒在破碗里
　要消灭他的干渴
　　全都是白费气力。

① 希瓦吉（1630—1680），马拉塔联邦的盟主，曾统治印度西海岸全部马拉塔地带。他号召人民“为祖先的骨灰，为宗教的庙宇”起来反抗莫卧儿王朝的伊斯兰教统治，力图恢复祖国的独立。他是虔诚的印度教徒，但他对于一般的伊斯兰教徒并不歧视。

希瓦吉说:“倒要看看
　究竟给多少东西才能
　　装满他行乞的钵盂。”
于是他拿起笔
　不知写了些什么,
　　吩咐大臣巴拉吉:
“如果敬爱的师傅
　来到堡前行乞,
　　把这封信献在他的脚底。”

师傅走着,唱着歌,
　在他的面前掠过了
　　多少行人、多少车马。
“啊!商羯罗①,啊!湿婆,
　你赐给每人一个家,
　　却只许我走遍天涯。
安那普尔那女神②
　担负了哺育宇宙的重任,
　　使一切众生皆大欢喜;
喂!毗利卡③!你永恒的乞士!
　　却把我从女神身边
　　　抢来做了你的奴隶。”

---

① 商羯罗,印度教大神湿婆的另一称号。
② 安那普尔那女神,湿婆的妻子难近母的另一称号。
③ 毗利卡,即湿婆。

唱完了歌曲，
　洗过了午浴，
　　师傅才在宫门外出现——
巴拉吉一旁侍立
　恭敬地向他行礼，
　　把书信放在他的脚前。
师傅满心好奇地
　从地上把它捡起，
　　仔细地读着那封书简——
希瓦吉，他的徒弟
　在他莲花般的脚底
　　献上了自己的国土和王冠。

第二天，拉姆达斯
　来到国王面前，
　　说："孩子，告诉我，
如果你把国土献给我，
　噢，你聪明能干的人啊，
　　那么如今你将如何？"
希瓦吉顶礼师傅说：
　"把自己的生命献给你
　　愉快地做你的奴隶。"
师傅说："好吧，
　背上这只口袋
　　和我一同求乞。"

希瓦吉陪着师傅
手捧着乞食的钵盂
沿门挨户乞求供养。
孩子们看见国王
惊惧地跑回家去
叫出了他们的爹娘。
无限财富的所有者，
他发愿做个乞丐，
真是石头在水面上漂摇。
人们羞怯地给了布施，
手簌簌地发抖，
心想，这是大人物在开玩笑。

碉楼上午炮响，
停止了生活的熙攘，
人们全都午睡休息。
拉姆达斯虔敬地
高唱着颂神曲，
欢乐闪烁在泪水里——
“嗨！你三界①的主宰，
你的心意我不明白，
一切归你所有毫无不足，
你却在人们内心深处
伸出求乞的手，我的主，

① 三界，天堂、人间和地狱。

乞求那一切财富中的财富。”

天色已晚,师徒们
在城尽头堤岸边
河水里洗过晚浴。
煮熟了讨来的粥糜
师傅愉快地吃着,
也分了一些给徒弟。
希瓦吉笑着说:
“你曾把国王的骄傲杀死,
使他变成乞丐街头行乞;
我永远是你的奴隶,
如今你还有什么愿望,
受尽辛苦愿使师傅满意。”

师傅说:“那么听我说,
你既作了坚定不移的允诺,
如今且换个样子将担子负起。
我这样吩咐
把献给我的国土
你且重新收回去。
现在我任命你
做乞丐的代理——
国王原是卑微的托钵人。
你要尽国王的责任,

但要记着这是我的职务，
你做国王要像没有国土的平民。

“孩子，拿去我的
这件赭色衣服
带着我的祝福，
苦行者的破布衣
当作神圣的国旗
插上你的国土。”
身为国王的弟子
坐在河边默默不语，
深深的思虑簇上眉头。
牧童不再吹笛，
牛羊成群归去，
太阳渐渐落在西山背后。

师傅拉姆达斯
用黄昏的曲调
编唱着歌曲——
“把我装扮成国王
留在尘世，你是谁
却想暗中逃避？
嗨，我心中的国王啊，
我只坐在踏脚凳上，

宝座上放着你一双旧履①。

黄昏已经来临，

再要我等待多少时候呢，

你还不回到自己的国土去？”

一八九八年十月

① 旧履，据印度史诗《罗摩衍那》，十车王年老时受王妃要挟放逐了嫡长子罗摩，立庶出的儿子婆罗多为太子，心中忧伤，不久死去。婆罗多不满母亲的所作所为，誓不继承王位，他将罗摩穿过的鞋子放在王座上，一切典礼祭祀先在鞋子前举行，表示他统治国土只不过代理他的长兄，罗摩的鞋子是王权的标记。在这里是替神行道的意思。

婆罗门*

萨拉斯瓦蒂河边苍茫的林阴里
落下了黄昏的太阳;隐士的弟子
头顶着柴捆回转安静的净修林;
疲倦的神牛睒动着深沉的眼睛
踱进牛栏;洗过晚澡,弟子们
环坐在师傅圣者乔答摩的足前。
茅屋的天井里祭坛上火光闪闪,
无边辽阔的天空里坐着一列列
繁星,一声不响像眨着好奇的
眼睛凝望着师傅的学生。圣者说:
"喂! 孩子们,现在听我讲颂《吠陀》①。"
乔答摩的声音冲破净修林的寥寞。
　　　　　　　　这时候,有一个
年轻的孩子走进天井,手捧着献礼,
他奉上鲜花蔬果,虔诚地礼拜着

* 这故事取自《歌赞奥义书》。

① 《吠陀》,印度古典经籍有四部最重要的著作,叫作四《吠陀》,即《梨俱吠陀》《娑摩吠陀》《夜柔吠陀》和《阿闼婆吠陀》。"吠陀"是"智慧书"的意思。

圣者乔答摩的莲花似的双足说：
“师傅，我住在拘尸凯德罗，我的
名字叫苏陀伽摩，怀着学习《吠陀》的
愿望前来拜见师傅。”孩子的声音
清脆如黄雀，甜蜜像甘露。
　　　　　　　　乔答摩听了，微笑着
和蔼地对他说：“可爱的，我给你祝福。
孩子，你属于什么种姓[1]？你要知道
只有婆罗门才有权利诵习圣典《吠陀》。”
　　　　　　　　　　　孩子低声说：
“师傅，我不知道自己属于哪个种姓，
请允许我，回去问了妈妈，明天再
来向您说。”
　　　　　　　　孩子辞别了师傅，
在浓密的黑暗里穿过林间小路，
渡过清澈的萨拉斯瓦蒂河，独自
转回家去。河滩上静卧着沉睡的
村庄，庄尽头是母亲的破茅屋。
　　　　　　　　灯光闪亮在茅屋，
门外面遮婆罗伫望着儿子的归路。
苏陀伽摩走近她的身边，遮婆罗
把他抱在怀里，吻着他的头发
喃喃地给他祝福。苏陀伽摩说：

[1] 种姓，印度有四大种姓：婆罗门（僧侣、知识分子）、刹帝利（武士）、吠舍（商人）、首陀罗（奴隶、劳动人民）。前三个种姓是高贵的再生种姓。

“告诉我，妈妈，谁是我的父亲？
我出身于怎样的家庭？我曾拜谒
圣者乔答摩，他对我说：‘孩子！
只有婆罗门才有权利诵习《吠陀》。’
妈妈，我的种姓是什么？”
　　　　　　　听了孩子的话，
母亲的头低下，半晌轻轻地说：
“妈妈的青春被穷困盘踞着，
我曾经做过不少男人的奴隶。
你生在没有丈夫的女人的膝下，
妈妈不知道你的种姓是什么。”
　　　　　　　　　第二天，
曙光潇洒地照耀在净修林的树梢，
圣者乔答摩的弟子们早已起床；
容光焕发如晨曦中晶莹的朝露，
虔诚圣洁如祈祷时流下的泪珠。
晨浴后皮肤发出红润的光泽，
头顶挽着湿漉漉的发髻。他们
环坐在榕树的浓阴下，围绕着
圣者乔答摩。百鸟轻声合唱着
欢愉之声，蜜蜂漫长地嗡营着，
潺潺的河水轻轻地打着节拍，
伴随着它们而起的是弟子们
各种幼嫩的嗓音有腔有韵地

背诵着虔诚动人的《娑摩吠陀》①
赞歌。
　　　　　　这时候，苏陀伽摩
来到圣者身边，躬身向他摸足致敬，
默然不响睁大了一双真诚的眼睛。
“愿你幸福，善良美丽的孩子。”
圣者乔答摩又重复昨晚的讯问：
“你属于哪个种姓？”孩子扬起头说：
“师傅，我不知道我属于哪个种姓。
我问过母亲，母亲说：‘苏陀伽摩，
你生在没有丈夫的遮婆罗的膝下，
妈妈曾侍奉过不少男人——不知道
谁是你的父亲。’”
　　　　　　听了苏陀伽摩的话，
乔答摩的弟子像受惊的群蜂立刻
张皇失措——营营不休纷纷议论着。
有的讪笑，有的替他害羞，有的
骂着：“无耻的非亚利安贱种！”
　　　为孩子的坦白深深感动，
圣者乔答摩离开座席伸出双臂
把苏陀伽摩抱在怀里说：“孩子！
你不是一个非婆罗门，你属于

① 《娑摩吠陀》，意译为“歌咏明论”，是司祭们在祭祀时歌咏用的赞神歌的总集。

再生种姓里最高的种姓，你生于
一个从不欺骗人的婆罗门家庭。”

一八九三年二月

卖　头

再没有人比得上憍萨罗[①]国王，
他赢得大千世界一致的赞扬；
他是弱者的庇护人，
是穷苦百姓的爹娘。
愤怒燃烧在迦尸[②]国王的心里
　当他听到了这个消息；
“迦尸的人民——我的百姓
　竟把他看得比我还重？
卑微的弹丸小邦的君主
　竟比我更能普施广济？
什么信仰、喜舍、慈悲全是假的，
　这只是他对我的挑战与妒忌！”
迦尸王传令：“将军！拔剑出来，
　集合全部人马出征！
憍萨罗王显然过分狂妄，
　竟想超过我迦尸王的威望！”

① 憍萨罗，古印度国名，在中印度境，波斯匿王之领地，即今俄得地方。
② 迦尸，古印度国名，在中印度境，憍萨罗之北邻，即今贝拿勒斯地方。

迦尸王披上战袍走上战场——

　战场上被击败的是㤭萨罗王。

㤭萨罗王羞惭地离开了国境

　逃亡在遥远的森林里隐居起来。

迦尸国王坐上宝座

　微笑着对他的臣僚说：

“谁有权力就能够保住黄金钱财，

　也只有他的施舍才是无限慷慨！”

人们哭着说：“强暴的罗睺①

　竟连明月也一口吞噬？

漠视品德的幸运女神拉克什米啊，

　也只会趋炎附势！”

四面八方扬起一片哭声——

“我们失去了父亲！

我们憎恨那

　与全世界的朋友为敌的人！”

迦尸王听了十分震怒：

　“为什么京城里充满了愁云惨雾？

有我在这里，为了谁

　人们这样哭哭啼啼？

是我神武赫赫征服了敌国，

　如今倒好像是我败在敌人手里！

① 罗睺，星名，相传为蚀日月之星。又：神名，为阿修罗之一种，能举手障碍日月，使诸天苦恼。

法典上原有明文规定：
　‘斩草除根，决不可放松敌人。’
曼特里①！快传旨在京城
　并向全国宣布——
生擒憍萨罗王的人
　国王将赐给他百两黄金。”
于是使者沿门挨户传布国王命令
　日日夜夜不敢稍停，
人们气愤地捂着耳朵
　战栗地闭上眼睛。

失国的憍萨罗王在森林里徜徉
　穿着又脏又破的粗布衣裳，
有一天，一个迷途的过客来到他面前
　含着眼泪求他指示方向：
“隐士啊，这座森林有没有边际？
　走哪条路才能到憍萨罗去？”
憍萨罗王听了说：“那是一个不幸的国度，
　是什么缘故驱使你到那个地方？”
过客说：“我是一个商旅，
　货船被风浪打沉在海底，
现在我只是苟延残喘
　伸出手来沿门行乞。
憍萨罗王是仁慈的海洋，

① 曼特里，即大臣。

他的声名扬溢四方，
无依无靠的人从他那里得到庇护，
贫苦人在他的宫里得到怜惜。”
憍萨罗王的脸上掠过一丝微笑
泪水闪烁在眼睛里，
沉思了半晌，
深深地叹了一口气：
“我将指引你一条去路，
通向你所渴望的目的地
你来自远方受难的客人啊，
在那里将满足你的心意。”

迦尸王正在上朝，
来了一个蓬头垢面的隐士，
迦尸王含笑问道：
“隐士，你到我这里为了什么事？”
“我是憍萨罗王，居住在森林里。”
林中的隐士从容地说：
“请把百两黄金交给我的同伴吧，
算是生擒我的赏格。”
大臣们个个吃惊，
宝殿上一片寂静，
连那手执甲仗的侍卫
也已眼光晶莹。
迦尸王沉默了片刻
突然大笑着说：

“哦！你想用死亡来战胜我，
　这真是个高明的计策！
我要使你的希望成空，
　教今天的战场上，胜利属于我，
我将归还你的疆土，
　我的心也将向你归服。”
衣衫褴褛的憍萨罗王
　被扶上宝座，
迦尸王给他戴上王冠，
　百姓们大声欢呼着。

一八九八年十月

供养女[*]

频婆娑罗王①
跪在佛陀座下
求得一片趾甲，
把它供养在御苑深处，
珍重地在上面建起一座
庄严无比的大理石宝塔。

黄昏时，皇后和公主们
换上素洁的衣衫
捧着礼佛的金盘，
在塔下献上鲜花，
亲手点亮金盘里
一行行黄金灯盏。
阿阇世王坐上
父亲的七宝座，
他用汪洋的鲜血

---

* 这故事见《撰集百缘经》。

① 频婆娑罗，意云“影胜”。佛在世时，他是摩竭陀国王，崇信佛法，后被其子阿阇世王幽囚于七重室内。

冲洗尽父王的佞佛，
把释迦牟尼的经典
献给了阿那罗①的烈火。

阿阇世王召集全体
宫廷妇女，对她们说：
“除了敬拜《吠陀》、婆罗门和国王，
宇宙间再不许你们有第二种信仰。
这命令必须牢记在心——
如不遵从，定有灾殃。”

在一个秋天的向晚——
净水沐浴后的
宫女师利摩蒂
照例捧着礼佛的金盘，
悄悄地来到太后座前。
默默俯视着她的脚尖。

太后恐惧地抖颤着申斥说：
“国王宣布的禁令
莫非你竟敢违抗——
礼拜佛塔的人
不是死在矛尖，
就是流放远方。”

① 阿那罗，印度教火神。

她悄悄地走进
皇后阿弥达的妆阁——
皇后刚梳起
拖地的长发,
正对着宝镜,专心地
在发缝里点染着朱砂一抹。

看见了师利摩蒂
皇后气得手指发抖。
竟抹弯了发缝里的朱砂。
“蠢东西,胆量这么大!
竟敢带来敬佛的鲜花!
被人看见岂不可怕!”

公主苏格罗
独自坐在窗前,
趁着落日的光芒
正在默诵故事诗篇,
忽然听见门外脚镯声响
连忙从书本上移开视线。
她把迷人的诗篇抛在地上
慌忙跑到师利摩蒂跟前,
担心地在她耳边悄悄说道:
“国王的命令如今谁不知晓?
你这样不顾一切

只怕死罪难逃。”

师利摩蒂在宫里
走遍千门万户。
“姊妹们,时候到了,
我们要尽到敬佛的礼数。”
有人害怕,
有人咒诅。

白日最后的光芒
已从城楼上褪尽。
市声变得微弱,
路上断绝行人,
国王古老的神祠里
传出了一声声晚祷钟声。

秋夜透明的薄暗里
有无数小星闪烁。
宫门外响起了号角,
囚徒们唱起了晚歌。
“大臣的会议已结束”——
执甲的侍卫齐声高呼着。

就在这一刹那间
后宫卫士们看见:
国王幽静的花园里,

宝塔阴暗的石阶前，
骤然亮起一行行明灯，
好像光闪闪的黄金花鬘。

卫士们拔出剑来
飞奔着赶上前去。
“嗨！你是哪一个？
竟敢冒死供养佛陀！”
传来了甜蜜的声音：
“我是师利摩蒂——
佛陀的奴隶！”

那天白石的塔阶上
写下了鲜血的记录。
那天凉秋初夜里
寂寥的御苑深处
窣堵波①下熄灭了
最后的供养灯烛。

一九〇〇年九月

① 窣堵波，塔。

密　约*

曾经有一天，尊者邬波笈多①
酣睡在秣菟罗②幽僻的城根，
那时候，街灯已在风中熄灭，
城里的人家也都关紧了大门，
天空中有深夜的几颗小星
在雨季的浓云里闪烁。

是谁的脚镯丁当的纤足
突然轻轻地踏在他的身上？
尊者含惊地翻身坐起，
蒙眬的睡意立刻飞去——
刺痛他美丽的眼睛的
是亮闪闪一片灯光。

---

* 这故事见《菩萨譬喻鬘论》。这是一部记菩萨在过去时代所修种种苦行的佛教故事书。

① 邬波笈多，人名，佛涅槃后一百年生，阿育王的师傅。

② 秣菟罗，意云"孔雀"或"蜜"。地名，在中印度，城东五六里有山寺，为邬波笈多所造。

这城里的舞女,春情荡漾
深夜里急切地去欢会情郎,
她身上穿着一件天青色的衣裳,
镶嵌着珠玉的环佩丁冬作响。
一脚踏在尊者身上,瓦萨婆达多
停止了匆匆的脚步,无限惊慌。

手执着纱灯仔细端详
尊者是多么年轻漂亮——
红润的嘴唇上飘浮着温柔的微笑,
明亮的大眼里流露着慈祥的光芒,
丰满白皙的额头上闪耀着
月光似的一片宁静与安详。

眼睛里满含着羞涩
女人温柔动情地说:
“少年人,我请求你原谅。
为什么不可以到我家去?
这冷冰铁硬的湿地
不应该是你的睡床。”

邬波笈多尊者温柔地回答说:
“哦!美貌多情的姑娘!
如今还不到我和你密约的时期,
你且去你要去的地方,
等到时机成熟的那一天,

我会亲自走进你的闺房。”

骤然间暴风雨在闪电里
张开了狰狞可怕的巨口，
瓦萨婆达多在恐怖中瑟瑟发抖；
毁灭宇宙的狂风在空中呼啸，
天上隆隆的雷霆大声地
发出一阵嘲弄人的狂笑。

距那次相见，
还不到一年。
又是一个四月的黄昏，
春风变得更为温情迷人，
路边树枝上缀满了花蕾，
御苑里盛开着茉莉与素馨。

远方吹来的轻风
送来婉转醉人的短笛声，
倾城的男男女女
都到秣菟罗林中去欢度迎春，
只有天上一轮微笑的明月
凝视着寂静无声的空城。
月光下行人稀少，
尊者独自漫步在林间小道。
头顶上绿叶丛中
杜鹃在一声声婉转啼叫。

莫非今夜正是
他欢会情人的良宵?

远离了城市,
尊者向城外走去,
他突然在护城河边停步不前,
那女人是谁呢?
独自躺在芒果林的阴影里
正在邬波笈多的脚边?

无情的鼠疫猖獗地蔓延,
瓦萨婆达多也受了传染,
雪白的肌肤上
布满了漆黑的斑点,
被城里的居民
丢弃在护城河边。

尊者把昏迷了的女人
轻轻放在自己的膝头,
用清水润湿了她干渴的双唇,
在头前为她低颂着经咒,
又亲手在她的全身
抹上了清凉的檀香油。

月夜里飘落着盛开的花朵,
枝头的杜鹃声声地悲啼着。

女人轻轻地说——
“你是谁？这样慈悲？”
尊者回答说：“瓦萨婆达多，
是邬波笈多今夜特来和你相会。”

一九〇〇年九月

报　答

“御库里竟出了盗案，把匪徒
立刻捉来带到我面前；不然，
小心身首异处吧，守城官！”
守城官奉了国王的命令，大街
小巷挨家挨户四处搜查贼人。
城外破庙里蜷卧着瓦季勒森——
一个商人，德克西拉的居民。
为卖马来到迦尸，遭到强盗的
洗劫，正失望地打算回故乡去。
巡逻们捉住了他，硬说是匪徒，
加上枷锁，要把他带进监狱。

这时候，夏玛——迦尸的美女，
正坐在窗前懒洋洋地闲望着
街上的洪流——眼前梦一般的
人群的来去。忽然她吃惊地
喊道：“哎呀，这因陀罗①一样

① 因陀罗，印度吠陀神话中众神之长，掌管雷雨，貌俊美。

高贵美貌的少年,是谁把他
像强盗贼似的锁上沉重的铁链?
快去,啊,亲爱的使女,
用我的名义告诉守城官——
说夏玛请他呢,请他光临
寒舍把囚徒带到我的面前。”
夏玛名字的魔力如同符咒,
受宠若惊的守城官听了这
邀请,快乐得毫毛发抖。
他立刻走进房门,背后是
罪犯瓦季勒森——两颊涨得
通红,羞愤地低垂着头。
守城官笑着说道:“真不凑巧,
在这个时候奉到您的宠召;
现在,我必须回复王命去,
美丽的姑娘,我请求你允许。”
瓦季勒森突然抬起头来说道:
“喂,女人,你要的什么把戏!
从路中心把我牵到你家里,
嘲弄这无辜受辱的异乡人
来满足你冷酷无情的好奇!”
“嘲弄你!”夏玛叫道:“我情愿
献出全身珠宝换取你身上的
铁链。远方的青年啊,如今
污辱你就等于污辱我自己。”
这样说着,夏玛的睫毛上闪着

泪珠的一双眼睛凝望着异乡人
似乎要把他所受的污辱用泪水
洗去。她转身对守城官请求说:
“拿去我的一切,释放这囚徒吧。”
守城官说:“美人啊,你的要求
我不得不拒绝。抢劫了国库,
不杀人怎能平息国王的愤怒?”
握紧了守城官的手夏玛低声说:
“我只请求你对这犯人缓刑两天。”
守城官对她会心地微笑着轻轻
说道:“你的吩咐我将铭刻心田。”

第二晚的夜尽时分,狱卒轻轻
打开了牢门;夏玛手执着纱灯
走进监牢,黎明将被处决的
瓦季勒森正在低颂着神名祈祷。
女人暗示地目光一闪,狱卒
立刻前来打开了囚犯的铁链。
瓦季勒森不胜惊奇地呆望着
女人莲花似的无比美丽的脸。
他哽咽着低声说:“你是谁?
给我带来光明,正像黎明在
噩梦谵语之夜过后带来晨星。
你是谁? 啊,你自由的化身,
残酷的迦尸城中慈悲的女人!”
“慈悲的女人?”夏玛惊叫着发出

一阵狂笑，阴森可怕的监牢里
惊起了一阵新的恐怖与纷扰。
女人一再狂笑着又继以哭泣，
伤心的泪珠跌落如一阵骤雨。
女人呜咽着说道："夏玛的心
比迦尸街心的石头更加铁硬，
比夏玛更无情的人再也没有。"
女人说着紧紧握着犯人的手臂
把瓦季勒森从牢狱里带了出去。

曙光一线，闪烁在瓦鲁纳河岸。
小船系在渡口，女人站在船头——
"喂，上船来，不相识的青年，
我只有一句话请你记在心头——
挣脱了一切羁绊，最亲爱的，
我和你同船在这条河上漂流。"
解开系船的绳索，小船轻轻地
滑动着，林鸟低唱着欢娱之歌。
把夏玛抱在怀里，瓦季勒森说：
"亲爱的异乡女友，告诉我，你
花了多少财产买得我的自由？"
紧紧拥抱了他，夏玛悄悄地说：
"别做声！现在还不到说的时候。"

小船在炙人的热风里顺流漂荡，
正午的天空中升起酷热的太阳

洗过午浴穿着湿衣的村中妇女
头顶着汲水的铜罐正走回家去。
市集已散场，人声喧哗已停息，
孤寂的村路默默闪耀在阳光里。
榕树浓荫下有青石砌成的渡口，
饥渴的水手在那里停泊了小舟。
这时候，鸟雀躲在树阴里午睡，
慵懒的蜜蜂营营着倦人的长昼。
忽然，一阵带着稻香的正午的
热风掠过，吹下了夏玛的面纱；
瓦季勒森心跳着，声音窒息地
在她耳边说："亲爱的，知道吗，
就在你给我打开铁链的那一刻，
又给我戴上了永恒的爱的枷锁？
你如何完成解救我的艰难工作，
亲爱的，请告诉我其中的经过。
你为我做了什么，我发誓要以
生命来报答。"夏玛掩上了面纱，
轻轻回答说："现在且不来谈它！"
白昼的光船卷起了金色船帆，
缓缓地驶向远方日落的口岸。
靠近岸上是一片森林的河边，
晚风里，停下了夏玛的小船。
无波的水面上闪烁着初四的
纤纤月影，树根下的幽暗里
抖颤着琴声似的蟋蟀的低鸣。

夏玛熄灭了灯光，默默坐在
窗口，头依在青年的肩上。
她的蓬松的长发散发着异香
掩盖着青年的胸膛，滑软如
波浪，漆黑像一面睡眠的丝网。
她低声说："我为你所做的事
真是非常艰巨，但要告诉你，
最亲爱的，更是十分不易。
我只简单地告诉你，你听了
千万要立刻把它从心中抹去。
是那个疯狂地单恋着我的
少年乌蒂耶，在我的吩咐下
代替你承担了那桩盗窃案，
用他的生命作了爱情的献礼。
这是多大的罪恶，我的知己，
我这样做，只是为了我爱你。"

纤月西坠，森林背负着千百鸟雀的
睡眠沉沉矗立。那环抱着女人的
腰肢的爱人的双臂，慢慢地松缓，
分离的残酷悄悄地沉落在两人中间。
瓦季勒森沉默着如一尊冰冷的石像，
夏玛像折断了的藤蔓一样倒在地上。

忽然，女人抱紧了青年的膝头，
跪在他的脚边，哭着低声哀求：

“这罪恶的严厉惩罚，且让它留在
上帝的手里吧，我为你才做了
这样的事！爱人啊，原谅我吧！”
移开他的脚，瓦季勒森大喝道：
“用你罪恶的代价买取我的生命，
这生命真是多么应该被咒诅！
无耻的女人！可耻生命的债主！
你给我每一呼吸都带来了耻辱。”
他跳下船，登上岸，走进森林里。
黑暗里，枯叶在他脚下沙沙作响，
腐草散发出扑鼻的霉烂气息，
老树向四方伸展着无数杈桠的
树枝，形成的黑影万怪千奇。
他行行重行行，直到路已不通——
整个森林伸出缠满乱藤的手臂，
暗中默默地阻拦着他再向前走去。
他疲倦地坐在地上休息，那像
幽灵一样站在他背后的是谁呢——
那一声不响，一步步追踪前来，
在漆黑的长途中留下血淋淋的
脚迹的？瓦季勒森握紧拳头
嚷道：“你还不放我过去？”女人
闪电般飞来，扑到他的怀里，
她的蓬松的头发，馨香的衣裙，
急喘的呼吸，雨一般的密吻
像洪水一样淹没了他的身体。

夏玛哭着说："我不离开你，不，
我不离开你。为你我犯了罪，
惩罚我吧，我的主人，假使你
愿意，杀死我，用你自己的手
来结束我的罪恶。"突然，黑夜
在透不进星辰的森林里发抖，
地下弯曲的树根也恐惧地战栗。
窒息中挤出了一声绝望的叹息，
之后，有谁跌倒在地上枯叶里。

瓦季勒森从森林中走出来的时候，
第一道晨光正射在远方湿婆庙顶。
整个早晨，他像疯子一样茫然地
在河边寂寥的沙滩上徘徊不停。
正午燃烧着的阳光，火鞭一样
抽打着他的全身，他口渴难忍，
却不知道喝一口眼前滚滚的河水。
他不理睬汲水村女怜悯的招呼——
"请到我家休息吧，你远方的客人。"
晚上，他疲倦不堪地奔回小船
像飞蛾怀着热切的希望扑向灯火。
啊！小床上，横着一只玲珑的脚镯！
他一次又一次地把它紧贴在胸口，
那镯上金铃的细响也一次又一次
像箭一样刺进他的心窝。船角里
放着一件蓝色纱丽，他扑在上面

把脸埋在皱褶里——那丝的柔软，
不可见的香气，不自主地使他
勾起那可爱、动人的身材的回忆。
晶莹的初五的纤月，慢慢躲在
七叶树的后面，瓦季勒森伸手
向森林呼唤："回来吧，亲爱的！"
森林的浓密的黑暗里有人影
出现，幽灵似的独立在沙滩。
"来，亲爱的！""我已经回来了，"
夏玛扑在他的脚前说，"原谅我，
最亲爱的，你那慈悲的手不曾
将我杀死，想是我命不该绝。"
瓦季勒森望着她的脸，伸出
双手把她抱在怀里，突然一阵
战栗，又用力把她推得远远地。
他惊叫着："哦，为什么，哦，
为什么你又回来？"闭上眼睛，
把脸掉开，轻轻说："走开吧！
不要跟着我。"女人沉默了片刻，
于是跪在地上向青年摸足行礼，
然后向岸边走去——像梦一般地
渐渐消失在森林中的黑夜里。

一九〇〇年九月

轻微的损害

腊月里，寒风吹起
　瓦鲁纳河清澈的涟漪。
远离城市的乡村里，寂静的
芭蕉林中，石砌的堤岸上
走来了迦尸的皇后格鲁那，
　一百名宫女拥簇着正去沐浴。

在国王的禁令中，清晨的
　河堤上不见人影；
住在附近几座茅屋里的
人们早已回避，河边
一片岑寂，只有树林中
　鸣啭着鸟雀的轻啼声。

瓦鲁纳河水翻滚在
　轻轻喧啸着的北风里，
水面上闪耀着金色的阳光，
欢乐地跳跃着的层层波浪，
像狂舞着的舞女飘荡着

缀满耀眼珠宝的裙裾。

女郎声音的甜蜜
羞赧了浪花的私语；
莲藕似的美丽的手臂
搅起了河水缠绵的情意；
青天不安地俯视着水中
纵情欢笑的一百个宫女。

洗完了澡，女郎们
登上了堤岸——
皇后说："哦，真冷！
我的全身都在发抖，
生起火来吧，朋友，
让烈火驱除严寒。"

女郎们走进树林
搜集柴草准备燃火，
她们欢乐地拉着
树枝争争夺夺；
忽然皇后召唤着大家
惊喜地含笑说：

"你们来呀！看那边
是谁的茅屋就在眼前？
你们把它点起火，

让我暖和一下手和脚。”
皇后兴奋地说着笑了，
　笑得和蜂蜜一样甜。

宫女马乐蒂温柔地说：
　“皇后！这是无益的戏谑。
为什么要放火把它烧毁，
修造这茅屋的知道是谁？
可能是穷人，或者异乡过客，
　也许是修道的隐居者。”

皇后说：“抛过一边去
　这廉价的慈悲心肠！”
难以制止的好奇心，
疯子一样的狂妄，
把茅屋点起火的是这些
　残忍的年轻女郎。

浓烟旋卷着旋卷着
　喷吐四散。
只一刹那间，浓烟里
迸出了闪亮的火花，
烈焰伸出千百贪馋的
　舌头遮住了青天。

像一群愤怒的火蛇

逃出撕裂的地狱，
头颈舞动着伸向天空
发出嘶嘶的咆哮声，
毁灭在女人耳边疯狂地
吹奏着燃烧曲。

晨鸟惊惧地停止了
欢快之歌。
阵阵乌鸦呱呱地啼叫着，
北风加劲地吹着——
茅屋接连着茅屋延烧起
熊熊的大火。

毁灭的馋舌舔净了
河边的小村庄。
冷清清的路上，腊月的清晨里，
带着欢乐的疲倦，伴着百名宫女，
皇后归来了，青莲花拿在手里，
深红的纱丽穿在身上。

法庭里审判的宝座上
端坐着大地之主。
无家可归的人一队队走来，
恐惧地在他的脚前匍匐，
抖战着结结巴巴地
诉说他们的痛苦。

国王把头低下——
　　羞愤涨红了面颊。
他离开法庭，来到后宫，
质问皇后说："这算干什么！
烧毁穷苦百姓的房屋，
　　说吧！是依据谁的律法？"

皇后冷笑着说道：
　　"难道那也配叫作房屋！
烧掉了几间破草房
对他们会有多少损伤？
皇后一霎的欢乐不知要
　　消耗多少黄金财富。"

国王大声说——心中
　　塞满了愤怒之火——
"只要你还是国王的妻子，
烧毁茅屋对穷人是多大的损失
我知道你对这毫无所知；不过，
　　我会使你明白你的罪恶。"

国王吩咐侍女脱去她
　　华丽的衣裳；
无情地剥下了那件

深红色耀眼的纱丽；
拿来了女丐的破衣
　披在皇后身上。

国王把她拉在路边说：
　“去做讨饭的乞丐；
直到有一天你能把那
在你片刻的狂欢里
毁掉的几间破茅屋
　重新修建起来。

“我给你一年的期限，
　期满我再回来，
恭敬地站在法庭里，
当众宣布，那破旧的
茅屋的毁坏对穷人
　究竟是多大的损害。”

一九〇〇年十月

价格的添增*

腊月的夜晚分外寒凉，
一片残荷的枯梗败叶
在无情的严霜里摇荡；
卖花人善奴的池塘里
却有白莲一朵
盛开在水中央。

卖花人采下白莲，
来在宫门外，
想求见国王，
把它善价出卖。

这时候，有一个长者，
看见莲花，心生喜悦。
他说："你要多少钱？
我要买你这晚开的白莲。
今天，佛陀在城里说法，

* 见《撰集百缘经》第一"王家守池人花散佛缘"。但内容大有出入。

我要把花献在他的座下。”
善奴说:“一两黄金,
我情愿卖掉它。”

长者正要付钱,忽然
眼前一派气象庄严——
侍从们捧着檀香花冠,
波斯匿王①高颂着梵赞,
为参拜佛陀,他突然
清晨在宫门外出现。

这晚开的一朵白莲,
吸引了波斯匿王的视线。
他问道:“你要多少钱?
我要把它献在佛陀脚前。”

卖花人回答说:
“啊!国王陛下!
给了一两金子的代价,
这位长者已经买下它。”
“十两黄金我买它”——
吩咐着国王陛下。
长者说:“二十两

① 波斯匿王,波斯匿意云“胜军”。佛在世时,舍卫国君主,传说他与佛同日生。

黄金卖给我吧!”
他们谁也不肯让步,
同声唤着:“我要买它!”
白莲花的价格
于是逐渐增加。

卖花人善奴暗自思想:
为了谁他们这般争吵?
我若把花卖给那个人,
岂不是更要得利不少?

于是善奴合掌恳求:
“请陛下、长者原谅,
这朵花我不想卖了。”
卖花人向林中奔跑——
那里佛天常住,
园中光明普照。

佛陀端坐在莲座上,
显示明静愉悦妙相。
他目光宁静似清泉,
慈悲的微笑闪在唇边。

卖花人凝望着
佛的妙相庄严,
目不转睛默默无言。

忽然他五体投地
把那朵晚开的白莲
献在佛莲花似的脚边。

佛微笑着慈祥地问询：
“善男子！说出你的心愿。”
善奴惊慌地回答说：“世尊！
我只要你脚上的灰尘一点。”

一九〇〇年十月

比丘尼*

当时,大灾荒的
室罗伐悉底①城里,
到处是一片灾民
嗷嗷待哺的悲啼。
佛向自己的门徒
一一地低声问询:
“你们谁愿意负起
救济灾民的责任?”

珠宝商人悉多
合掌顶礼佛陀,
他沉思了半晌
最后才低声说:
“全城在饥寒里,
主啊!我哪有
救济它的能力?”

---

* 这故事取自《如意树譬喻鬘论》。这是一部用韵文写成的佛教譬喻故事,内容一部分是从《撰集百缘经》改作,一部分从别的书中取材而成。

① 室罗伐悉底,即舍卫城。古中印度境憍萨罗国之都城。

武士胜军接着说：
“为执行你的命令
我愿意赴汤蹈火，
甚至于剖开胸膛
献出鲜红的热血。
但是，我的家里
竟没有粮食一颗。”

法护是个大地主，
他对佛叹气诉苦：
“赶上了这种荒年，
我的黄金的田园
都变作荒芜一片。
我已是这样穷苦，
交不上皇家税赋。”

你望着我，我望着你，
佛的弟子们默默不语。
释迦佛殿里一片寂静，
面向着那受难的灾城
佛大睁着黄昏星似的
一双明亮慈悲的眼睛。

给孤独长者的女儿
低垂着头羞红了脸，

眼含着痛苦的泪水
匍匐在释迦的足前，
谦恭而坚决地低声
诉说着自己的心愿——

“无能的善爱比丘尼
愿满足世尊的心意。
哭喊着的那些灾黎
他们全是我的儿女，
从今天起，我负责
救济灾民供应粮米。”

这话使大家全都惊异——
“你比丘的女儿比丘尼
多么狂妄，不自量力！
竟把这样艰巨的事业
揽在肩头想出人头地。
如今你的粮食在哪里？”

她向大家合掌致敬说：
“我只有个乞食的钵盂。
我是一个卑微的女人
比谁都无能的比丘尼
因此完成世尊的使命
全靠你们慈悲的赐予。

“我的丰满的谷仓设置
在你们每个人的家里，
你们的慷慨会装满我
这个取之不尽的钵盂，
沿门募化得来的粮食
将养活这饥饿的大地。”

一九〇〇年十月

不忠实的丈夫*

圣者克比尔①虔诚的声誉传遍了全国各地，
他的茅屋里聚集着来自四方的善男信女。
有人说:“世间真有神在吗? 请你作见证。”
有人说:“请为我诵经,驱逐我的疾病。”
有人说:“请显示你天神般的法力。”
不孕的女人哭着说:“请使我生育。”

---

* 这故事取自《敬信鬘》。

① 克比尔,印度宗教改革家。约于1440年生于贝拿勒斯。父亲是伊斯兰教徒,他却在幼年即皈依印度教大师罗摩南达(十五世纪初印度教改革家)为弟子,他反对虚伪的宗教仪式,反对职业的僧侣,他认为念珠不过是木头做成的,神像只不过是冷冰的石块,罗摩与克里希纳不过是死去了的人,《吠陀》与《古兰经》只不过是空话;剃头匠、洗衣妇、木匠比僧侣更容易接近上帝。他追求真理,追求爱。真理只有一个,因此“上帝是惟一的,不管你把它当作罗摩和安拉敬拜都可以”。他的教义遭到顽固婆罗门的反对,约在1495年当他将近六十岁的时候被逐出贝拿勒斯,一直在北印度各地流浪,1518年在玛加尔逝世。他并不是一个出家人,他有家庭,以织布为业,也没有受过很好的教育,但是由于他对于神和爱的追求,却留下了不少淳朴动人的宗教诗篇。他的赞歌在北印度家喻户晓,他的信徒直到现在也还不在少数。泰戈尔曾把他的诗译成英文,在他的诗集《吉檀迦利》中也还能看到克比尔对他的影响。

克比尔含着泪合掌乞求大神诃利①：
“你使我降生在卑贱的穆斯林家里——
我以为没有谁会到我的身边来，
只有你慈悲地背着人与我同在。
你要的什么把戏啊！捉弄人的诃利！
引世人到我家里，莫非你想离我远去？”

城里所有的婆罗门气愤地互相商量：
“真荒唐，人们竟崇拜异教徒的织布匠！
这真是充满罪恶的世界末日已来临，
不挽回狂澜，那是婆罗门放弃责任！”
于是，婆罗门和一个妓女定下诡计，
秘密地给了她指示，金币递在她手里。

有一次，圣者克比尔卖布来到市集，
突然人丛里有女人拉住他哭哭啼啼。
“喂，你狡猾的骗子，太没有良心，
为什么这样暗地里欺骗善良的女人？
抛弃无罪的我，假冒伪善装作僧侣！
少吃无穿，我容颜憔悴，肤色如漆。”

近旁的一群婆罗门假装着盛怒难忍：
“好个玷污宗教欺世盗名的出家人！
你安受供养，却撒沙土在诚实人的眼里，

① 诃利，即印度教保护神毗湿奴。他有一千个称号，诃利是其中的一个。

使这柔弱可怜的女人饥寒交迫沿门行乞。”
克比尔说：“我是有罪的，到我家去吧，
我有粮食，女人，为什么叫你挨饿呢？”

克比尔恭敬地把坏女人带回自己家里，
温和地对她说：“是诃利大神派你来的。”
这时候，女人羞惧、悔恨地低声哭泣：
“贪心使我犯罪，我将在你的咒诅中死去。”
克比尔说：“尊敬的母亲，别怕我因此而怨恨，
你给我带来的诽谤，是我头上最好的装饰品。”

唤起了女人的觉悟，赶去了她心中的邪念，
克比尔教给她以甜蜜的声音低颂着梵赞。
消息传遍四方——伪善的克比尔，虚假的虔诚；
克比尔听了说：“是的，谁都比我值得尊敬。
如果能登彼岸，身后的荣誉又何足留恋？
神啊，如果你在上面，我甘愿比谁都低贱。”

国王听到了圣者的赞歌，派来了使者。
克比尔拒绝前往，摇着头对使者说：
“我远离一切可敬的人，在屈辱中隐遁，
像我这样的废人，不配做宫廷里的装饰品。”
使者说：“圣者不肯前去，我们将遭不幸，
你的声誉，引起了国王渴望见你的心情。”

宝殿上坐着国王，两旁站满一列侍从；

女人紧跟在背后,圣者克比尔走进宫廷——
有人窃笑,有人皱眉,有人厌恶地低下头。
国王心想:多么无耻,竟有女人跟在身后!
他目光一闪,侍卫们把出家人赶出宫殿,
克比尔恭敬地带着女人回转自己的家园。

途中尽情欢笑着的是那些婆罗门,
他们用难堪的话嘲笑咒骂着出家人。
这时候,女人哭泣着在圣者脚前拜倒:
“为什么你要把我拯救出罪恶的泥沼?
为什么甘受诽谤,留罪人在你门内不放?”
克比尔说:“母亲,只因你是诃利的恩赏。”

一九〇〇年九月

丈夫的重获*

有一天杜尔西达斯①在恒河岸边
　　荒凉的火葬场里，
黄昏时候，独自徘徊着沉醉于
　　自己编制的歌曲。
他忽然抬头看见，在亡人的脚底
　　端坐着一位萨蒂②；
决心要和她的丈夫在同一把
　　烈火中死去。
女伴们不断地以鼓舞的欢呼赞叹
　　她征服死亡的胜利，

* 这故事取自《敬信鬘》。

① 杜尔西达斯，印度宗教改革家，也是印度近代大诗人之一。他是印度教中信仰罗摩一派的第七代祖师，他相信人不能自救，需赖罗摩的降生然后因他而得救度。他并且把基督教中神具大慈、降世救人的理论介绍到印度教里面来。这新起的教派在北印度很盛行。他是梵文学者，作品很多，但在人民中广泛流传的，只是他的以北印度口语所写的白话长诗《罗摩功行之湖》，这部诗的故事就是史诗《罗摩衍那》的故事，但并不是《罗摩衍那》的翻译，而有很多独创的文句。语言自然，音乐性很强。他于一五三二年生于德里附近，是一个婆罗门，但与民众很接近。曾娶妻生子。一六二三年卒。

② 萨蒂，丈夫死后，和丈夫一同焚身的节妇。

婆罗门祭司围绕在四周朗诵着歌颂
　　她的至善品行的诗句。

忽然女人看见，杜尔西来在面前，
　　她慌忙行礼
恭敬地说道："主啊，愿你的金口
　　给我指迷。"
杜尔西问道："母亲，到哪里去呢，
　　这样地气象庄严？"
女人说："和丈夫一同升入天堂——
　　这是我的心愿。"
"为什么舍弃尘世，要到天堂去？"
　　杜尔西笑着说，
"喂，母亲，难道天堂属于神，
　　尘世竟不是他的？"

不了解他的话，女人呆望着
　　无限迷惘惊诧——
她合掌请求："如果能得到丈夫，
　　天堂就随去吧！"
杜尔西笑着说："请回转家去，
　　我这样吩咐你，
从今天起一个月后你将获得
　　心爱的夫婿。"
女人满怀希望离开了火葬场
　　走回家去，

杜尔西不眠地沉思在恒河岸边
　　寂静的深夜里。

女人虔诚地独自等待在
　　冷清的空屋里，
杜尔西每天前来传授她
　　潜修的经句。
一个月的期限已满，邻居们
　　来到她门前，
问道："获得了丈夫？"女人说：
　　"唔，那是当然。"
邻居们慌忙又问："快告诉我们，
　　他在哪间屋里居住？"
女人微笑着说："我的丈夫居住
　　在我内心深处。"

一九〇〇年九月

点金石*

瓦林达般的耶摩那河边
　萨那坦①正在虔诚地默诵梵赞，
一个婆罗门穿着褴褛的衣衫
　蹒跚地走来跪倒在他的脚前。
萨那坦问道："你来自何处？
　婆罗门，你叫什么名字？"
婆罗门回答说："真不知道从何说起，
　为参拜你，我来自遥远的小城市；
我是摩那伽尔镇的吉般，
　小镇所属的县名叫巴尔特曼；
世界上再也找不出一个人
　像我这样的不幸和可怜——
我有几亩薄田，收入却不能糊口，
　贫困使我在人前不敢抬头。
从前我曾以布施和供献牺牲著名，

* 这故事取自《敬信鬘》。

① 萨那坦(1484—1558)，胡森·沙哈朝廷的大臣，后归依孟加拉偏入宗(信奉克里希纳〔黑天〕的宗派)宗师柴丹耶(Chaitanya)，弃官在瓦林达般苦修。为当时有名的梵文学者及诗人。

如今我两手空空，一无所有。
为了使贫困变为富庶
我曾向湿婆大神乞求赐福；
一天黎明前在梦里我听到
湿婆吩咐：‘我将满足你的祷祝——
去到耶摩那河岸，
顶礼苦行者萨那坦的双足，
尊敬他如你的父亲，
在他的手里有你致富的道路。’”
萨那坦听了他的话心中忧急——
“出家人能有什么呢？
昔日的一切我早已全部捐弃——
只剩下个乞食的钵盂。”
忽然一件事爬上他的记忆，
苦行者说：“噢，是的，
有一天我曾在这河岸上
拾到一块点金石。
我把它埋在那边沙滩里——
想到将来用它做布施；
喂，婆罗门，把它拿去，
你的不幸会立刻消失。”
婆罗门连忙跑去扒开沙土
找到了那块点金石，
他在两只避邪锁上试一试，
立刻铁锁变成黄灿灿的金子。
婆罗门惊诧地坐在沙滩上——

困惑地独自沉思默想，
耶摩那河里的滚滚波浪
大有深意地在他耳边歌唱。
河对岸展开一幅朱红的图画——
西方正落下黄昏里疲倦的太阳，
婆罗门突然跪倒，眼泪汪汪地
额头紧压在萨那坦的脚上：
“师父啊，恳求你——传授我
睥睨珍宝、轻视黄金的秘密！”
婆罗门一边说着一边把
点金石扔在耶摩那河水里。

一九〇〇年九月

被俘的英雄

五河[1]环绕着的英雄之国
辫子盘在头上的锡克[2]
响应古鲁[3]的号召站起来了——
不屈不挠，勇敢、坚强。
"古鲁琪[4]万岁"的欢呼
在旁遮普四方回荡；
新觉醒的锡克
不转瞬地凝望着
清晨里新升起的太阳。
"阿拉克·尼朗姜[5]"——

① 五河，印度旁遮普省有苏特来吉、贝阿斯、季纳布、拉维和哲龙五条河流过，称五河之邦。

② 锡克，锡克教是那那克祖师(1469—1538)所创立。他原是印度教徒，但反对印度教的种姓制度、繁缛的宗教仪式和偶像崇拜，因而倡一神之说。他认为"上帝只有一个，名叫真理"。当时他所进行的只是一种宗教改革运动，没有确定这一宗派的名称，后来他的弟子们才定教名为锡克，意是"弟子"或"学生"，因为信仰这种宗教的人都尊那那克为祖师，自认是他的弟子的缘故。

③ 古鲁，先生、导师的意思，这里是锡克教祖师的专称。

④ 琪，先生，大人。

⑤ 阿拉克·尼朗姜，锡克教胜利的呼号。意思是无形无影，无所不在，毫无瑕疵的神——真理。

一声欢呼拉断了
奴隶脚下的铁锁、绳缰。
腰间的宝剑也仿佛
在欢乐里锵锵跳荡。
旁遮普到处震响着——
“阿拉克·尼朗姜!”

终于来到了这样的一天——
千万人的心中不再被恐怖盘踞,
也不再牵挂什么未偿的债务①;
生与死只是脚下的奴仆,
精神上再没有烦恼痛苦。
在旁遮普五条河的十个岸边
终于来到了这样的一天。

德里的皇宫里
巴德沙贾达②的睡眠
一再从眼中飞去——
是谁的欢呼惊天动地
撕毁了深夜的沉寂?
是谁的熊熊火炬
染红了远处的天际?

① 债务,印度人一般相信,人一出世便对圣者(大仙)、天神及祖先欠下债。要以修梵行、供养、祭礼、传宗接代等义务来偿还。

② 巴德沙贾达,波斯语,伊斯兰教王子。

英雄们的鲜血
洒在五河岸上——
战士们的生命像鸟儿
成群地飞回鸟窝一样
飞离了千千万万
被利刃刺穿的胸膛。
母亲——祖国的眉心里
有鲜红的圣痣辉煌，
英雄们的鲜血
洒遍在五河岸上。

在死亡的拥抱中
莫卧儿和锡克交锋。
战场上进行着生与死的搏斗
双双掐紧对方的喉咙——
正像巨蟒恶斗着
负伤的苍鹰。
在那天的激战里
轰响着一片杀喊声——
低吼着“古鲁琪万岁”的
是锡克族的英雄，
在血泊中高呼着“胜利”的
是疯狂的莫卧儿士兵。

在这次战争里

锡克的首领般达①
成了莫卧儿的俘虏，
像雄狮戴上锁枷
被捆绑着带上
通向德里的大路。
唉！般达在这次战争里
成了莫卧儿的俘虏。

前面走着莫卧儿军卒
扬起了路上的尘土，
枪尖上挑着被割下的
锡克英雄的头颅，
后面跟着七百个
铁索锒铛的锡克俘虏。
大街上断绝了行人，
只家家大开着窗户。
不怕死的锡克俘虏
高呼着："万岁，古鲁。"
锡克的英雄和
莫卧儿的军卒，
今天，扬起了
德里大街上的尘土。

① 般达，锡克教第十世祖师戈宾德·辛格的弟子。戈宾德死后，般达成为锡克教的领袖。一七一五年八月在古鲁达斯堡被俘，因拒绝改信伊斯兰教被杀。

俘虏们一个个
高呼着“万岁古鲁琪”
在刽子手的刀下
从容就义。
一天一夜里，
一百个英雄的
一百个头颅落了地。

七天七夜里七百个
生命在刀下完结。
最后，审判官把
捆绑着双手的般达的
儿子拉在般达身边，
说：“杀了他！用你
自己的手把他消灭。”

没有说一句话，
般达慢慢地把
孩子拉在胸前。
伸出右手放在孩子
头上给他祝福，
又吻了一下孩子
红色头巾的边沿。

匕首紧握在手中，
般达凝望着孩子的面孔。

他悄悄地在孩子的耳边说：
“高呼一声‘古鲁琪万岁’！
我的好儿子，害怕的
不是锡克教的英雄！”
孩子的嫩脸上闪耀着
勇敢无畏的光辉，
口里高呼着：“古鲁琪万岁！”
法庭里回荡着孩子的呼声，
孩子凝望着般达的面孔。

般达用左臂
揽着孩子的头颈，
右手用力地把匕首
刺进孩子的胸口。
地面上倒下了
孩子的身体，
孩子口里高呼着：
“胜利，古鲁琪！”

法庭里一片死寂。
刽子手用烧红了的
火箸扯碎了般达的身体。
英雄屹立着死去——
不曾发出一声痛苦的叹息。

旁观的人闭上了眼睛，
法庭里是一片死寂。

一九〇〇年十月

不屈服的人

那时候,奥朗则布[①]
　正蚕食着印度的锦绣河山——
有一天,马鲁瓦的国王
　佳苏般特前来朝见:
“陛下,在一个漆黑的夜晚,
　有人埋伏在阿遮勒堡壕沟里
悄悄捉住了西鲁希王苏罗坦——
　他现在是我宫廷里的囚犯。
我的主人,请你吩咐,
　对于他,你希望怎样惩办?”

奥朗则布听了说:
　“真是不可思议的消息!
费尽时光居然捉到了
　这惊人的霹雳。
他率领着几百山国健儿

① 奥朗则布(1618—1707),莫卧儿帝国第六代皇帝,他在位期间是莫卧儿帝国最后全盛时期。

驰骋在高山丛林里，
这位拉其普特①英雄像沙漠中
耀眼的彩虹一样飘忽来去。
我要召见他——
派使者带他到这里！”

于是马鲁瓦国王佳苏般特
低头合掌请求说：
“禁锢在我宫廷里的
是一只刹帝利种姓的幼狮，
陛下要见他——
请先恩准我的请求吧：
对于这年轻的武士
绝对不要侮辱和轻视。
我将亲自陪他前来，
如果陛下允许。”

奥朗则布微笑着回答说：
“你说的是什么话，
聪明无比的英雄
马鲁瓦的国王啊！

① 拉其普特，居住在拉其普他食（印度西部印度河以南地方，现在的拉其斯坦）地方的一种勇武善战的民族。原是古代侵入印度的希腊、波斯等王族和印度亚利安人的混血种。自成一系，称拉其普特（王孙公子之意）。每一个拉其普特都以战死疆场为荣，后来成为抗拒伊斯兰教徒入侵的中心势力。

我的心里感到害羞，
　因为这话出自英雄的口。
自尊的人谁能够
　损害他的尊严？
告诉你，不必担忧，
　尽管带他走进我的宫殿。"

西鲁希王来到朝廷上，
　陪他前来的是马鲁瓦国王。
他气昂昂地抬着头，一双
　向前平视的眼睛炯炯发光。
侍从们大喝道："跪下，
　不懂礼貌的强盗！"
头靠在佳苏般特的肩上
　苏罗坦安闲地答道：
"除了父母的双脚，
　我从不向任何人拜倒。"

奥朗则布的侍从
　气红了眼瞪视着苏罗坦：
"我要教会你行礼；
　我会叫你把头低下。"
西鲁希王笑着回答：
　"休做此想吧！
威胁不会使我低头，
　我向来不知道什么是惧怕。"

宫殿里挺立着英雄苏罗坦，
　手抚着腰间的长剑。

奥朗则布拉过苏罗坦
　让他坐在自己身边，
问道："英雄，五印度中间
　什么地方最称你的心愿？"
苏罗坦答道："阿遮勒堡，
　世界上只有它最好！"
肃静的朝堂上断续地
　发出了低声的嘲笑，
于是奥朗则布笑着说：
　"我许你永驻阿遮勒堡。"

一九〇〇年十月

更多的给予

帕坦[①]的士兵们绑来了
　一群被俘的锡克——
舒里特干基的地面早已
　变成了血的颜色。
那瓦布[②]说:“喂,特鲁辛格,
　我要赦免你。”
特鲁辛格回答说:“为什么
　你特别轻视我?”
那瓦布说:“你是大英雄,
　我不愿对你无礼,
割下你的发辫[③]走吧,
　我只有这一点要求。”
特鲁辛格说:“你的慈悲
　我永远不会忘记;

① 帕坦,居住在阿富汗和巴基斯坦西北边省及旁遮普一带的少数民族,信仰伊斯兰教。

② 那瓦布,伊斯兰教徒统治印度时期的藩王。

③ 锡克教徒终身不剃发须,要求他割下发辫即是要他背叛自己的宗教。

你要的太少,我将多给——
发辫再加上我的头。”

一九〇〇年十月

王的审判

——拉其斯坦

婆罗门说，“我的妻子
　在屋子里，
半夜贼人进去
　要行无礼。
我捉住了他，现在告诉我
　给贼人什么惩罚?”
“死!”
　罗陀罗奥王只说了一个字。

飞奔着前来的使者说：
　“贼人，就是太子；
婆罗门在夜里捉住了他，
　今天早晨把他杀死。
我捕获了那人，
　给婆罗门什么惩罚?”
“放了他!”
　罗陀罗奥王只说了一句话。

一九〇〇年十月

戈宾德·辛格*

“朋友，你们全都回去，
　现在还不到时候。”
天将破晓，耶摩那河边，
丘岭迤逦，幽深的森林里，
锡克的宗师戈宾德吩咐着
　他的几个门徒。

走吧，拉姆达斯，走吧，莱哈里，
　萨胡，你也回去。
不要引诱我，呵，不要召唤我
　跳进那战斗的大海，
且让我留在这里
　远离人生的舞台
我久已背过脸去，堵上耳朵，
　躲藏在森林里。

* 戈宾德·辛格，锡克教第十世祖师，也是最后的一位祖师。他曾将锡克编成军队组织，创立了锡克王国，终生和统治印度的伊斯兰教徒作顽强斗争，抵抗着他们的侵略。这首诗描写他在一次与伊斯兰教徒战争失败之后，躲在森林里等待时机，准备东山再起时的心情。

远方,无边的人海
咆哮着掀起哀号的巨浪。
在这里,我只是独自沉入
　自己秘密的事业里。

从那喧嚣的人境里
　似乎人类的灵魂向我召唤。
死寂的暗夜里,我从梦中惊起,
大声呼喊着:“我来了,我就来!”
我渴望着把自己——身、心、灵魂投入
　那伟大的人群的洪流里。

看见你们,我的灵魂激荡,
　我的心疯狂地驰骋。
我的血液燃烧着
千百火焰蛇一般地舞动,
像在嘲笑我似的,我的宝剑
　也在剑鞘里锵锵作声。

那该是多么欢乐——离开这森林
　手执着胜利的号角,
冲入密集的人群,
去推翻暴君,重整江山,
去把侵略者的胸膛
用利剑刺穿。

那野马样不可知的命运
　我曾把它制服。
亲自套上缰绳，
鞭策它越过一切障碍，
不辞一切艰难困苦
　奔上自己的道路。

谁敢阻住我的去路？有的躲开，
　有的滚倒在尘埃，
企图抵抗的化为齑粉，
后面留下的是我的脚印。
在摧毁一切的烈火浓烟里
　青天的大眼也充满惊惧。

我曾千百次跳过死亡的深渊，
　登上人生的海岸。
那时天际有不眨眼的星辰
在暗夜里指示着方向，
人群的洪流回旋激荡着
　在两岸怒吼呼啸。
管它什么昏黑的静夜，
　或是炎热的白昼；
管它什么天空里四面
笼罩着乌云，雷声隐隐；
管它什么狂飙飓风
　无情地压向头顶。

"来啊,来啊,"我向大家呼唤,
　大家飞奔着聚集在我面前。
他们打开房门,
他们抛弃家园,
把欢乐、幸福、爱情的羁绊
　毫不顾惜地扯断。

像五河的水
　汇集在海洋里——
听了我的召唤,谁肯裹足不前?
信徒们的心和我打成一片,
旁遮普到处掀起了
　"万岁,万岁"胜利的呼唤。

"你要到哪里去? 懦夫!"我的声音
　传送到深山、密林、隐秘的角落。
清晨里听见了召唤——来啊,来啊!
工作的人抛掉了工作。
深夜里听见了召唤——来啊,你们来啊!
　人们连睡眠都忘却。

我走在前面,人们从四方拥来,
　阻塞了道路,挤满了渡口。
忘记了种姓和门第的不同,
轻易地献出自己的生命,

尊贵的、卑贱的、婆罗门和锡克
　团结成一个。

算了吧，朋友，不要再做这样的梦吧！
　现在还不到那个时候。
现在我仍须独自消磨这漫长的黑夜，
我仍须不眠地数着一分一秒的时间，
我仍须不转瞬地凝望着东方的天际
　等待着晓日初升的黎明出现。

如今我只是在幻想的世界里驰骋，
　大森林是我的都城。
如今只是静静地思索，
只是一无所事地暗自修炼，
白天夜晚，只是呆坐着
　倾听自己内心的语言。

于是，我独自退居在耶摩那河边
一片崎岖难行的丛山里。
旁遮普高原将我哺育到壮年，
我的歌声混入耶摩那河水的飞溅。
为未来的事业培养能力，
　我在暗中艰苦锻炼。

就这样度过了漫长的十二年，
　还有多少时日要等待迁延？

我从周围不朽的生命里
一点一滴地吸取着养料,
几时我才能说
　够了,我已经功果圆满?

几时我才能真正宣布——
　是时候了!
起来,朋友们,追随我——
你们的师傅召唤你们全体,
起来,朋友们!从我的生命里
　你们将获得新的生命力。

再没有恐惧,再没有怀疑,
　再没有蹒跚动摇、重重顾虑。
我已经找到出路,获得真理。
摔开了整个世界,屹然独立,
在我的面前没有生,没有死,
　没有,没有,什么都没有。

我的心,仿佛听见了
　来自天上的声音——
"在自我光照中站起来吧。
看哪,从那遥远的地方
被你吸引在身旁的
　何止千百人?

“听，那波涛的汹涌声——
　心的洪流在奔驰。
坚定地站起来吧！你要
警觉地守望着如一座灯塔，
在这夜里，你如果沉睡，
　他们就会各自回家。”

你们看，遥远的天边
　张起了漆黑的夜幕，
飓风带着死亡已经到来，
我在心房里点起了明灯，
在飓风里它不会熄灭，
　它将永远给大家照亮前程。

走吧，萨胡，走吧，拉姆达斯，
　回去吧，我劝你们回家乡。
在你们全部回去的时候，
来，欢呼一声“古鲁万岁！”
高举起双臂，欢呼“万岁，万岁，
　万岁，阿拉克·尼朗姜！”

一八八六年五月

最后的一课

有一天,锡克教的宗师戈宾德独自
在旷野里回忆着自己一生的经历;
那曾为自己的青春写下了一幅金光
灿烂的图画的壮志雄心如今在哪里?
那神前的誓师,那坚定不移的志愿
的确也曾使婆罗多的统一一度实现,
但是,祖国啊,它现在风雨飘摇,
软弱无力,它任人宰割,破碎支离。
这是谁的错?生命竟是白白虚掷了么?
极端的困惑,疲倦的身体,痛苦的心,
戈宾德在沉思里消磨着朦胧的黄昏。
这时候,来了一个帕坦人,对他说:
"我要回乡去,把你欠我的马钱还我。"
戈宾德说:"锡克琪,我向你敬礼,
钱等明天再还你,今天你先回去。"
帕坦怒吼着说:"钱,今天一定要还!"
一边说着一边用力拉住了他的手——
污蔑他是强盗、骗子,要把他拉走。
戈宾德听了,闪电一般拔出了利剑,

一转眼的工夫割下了帕坦人的头——
淋淋的鲜血在地面上横流。看见
自己所做的一切,古鲁摇摇头说:
“看来我的生命已近完结。这一柄
不斩无辜的宝剑竟违背了我的本心
轻率地让无罪的人徒然流了血。
自信已从我这只手臂上永远消失,
这罪恶,这羞耻,我发誓要洗去,
从今天起,这是我最后的一件事。”

帕坦人有个儿子,尚在幼年。
戈宾德把他找来,带在身边,
日日夜夜抚育他,如同自己的
儿子时时不离眼前。亲自教他
背诵经典,演习兵法和斗剑。
这年老的英雄,锡克的古鲁琪,
像孩子一样还在清晨和黄昏里
陪伴着帕坦的儿子一同游戏。
信徒们看到这一切,走来对他说:
“师傅啊,这是干什么?我们害怕。
对于一只虎犊这样珍爱,莫非
想使它的天性更改?一旦他长大,
它的爪牙也会长出来,小心啊,
敬爱的师傅,人会被利爪伤害。”
戈宾德笑着说:“正是希望如此!
一只虎犊如果不让它变成猛虎,

那我又何必为他多费心思?”

孩子在戈宾德手中渐渐长大。
孩子像影子似的跟随着他,
孩子像亲生子似的孝敬他。
戈宾德爱他如同自己的生命,
戈宾德爱他如同自己的右手。
戈宾德的儿子全都在战场上
牺牲了,如今,帕坦的儿子
填塞了垂老的古鲁心中的空虚。
正像古老榕树身上的腐洞里
被风从外面吹进一粒种子,
不知不觉地发芽生枝,慢慢地
绿叶青葱压盖了衰老的树枝。

有一天,孩子跪在古鲁脚前说:
“蒙您亲自教导,我已学得武艺,
如果师傅允许,凭我这超人膂力
已经有资格参加国王的军旅。”
戈宾德手抚着他的脊背——
“你还缺最后的一课没有学习。”
第二天,向晚时分,古鲁戈宾德
独自走出房门,叫来孩子对
他说:“带着你的武器同我来!”

两人沉默着慢慢地向河岸边

树林中走去。裸露着石子的
河滩上，有雨季山洪划破
血红色沙土蜿蜒流过的痕迹。
到处是一行行高大的娑罗树，
树根下密集着丛生的灌木。
及膝的河水，水晶一般清澈。
渡过河，古鲁作了一个眼色——
孩子站住了。火红的晚霞像
蝙蝠的薄翅似的拖着长长的
影子，在静穆的天空中向西方
缓缓飞去。戈宾德向孩子说：
“马穆德，来这里，掘开这块地。”
孩子挖开沙土，露出一块青石，
上面染有殷红的血渍。古鲁说：
“石上的红印，是你生父的血痕。
我没有还他的债，也不容他还手，
就在这里，我割下了他的头。
今天到了时候，喂，帕坦！
如果你是你父亲的好儿子，
拔出剑来——杀掉害死你父亲的
仇人，用他的热血来祭奠那
饥渴的亡魂。”如同猛虎似的
一声吼叫，两眼通红的帕坦
跳起来扑在戈宾德的身上——
古鲁只呆立着如同木偶一样。
帕坦扔掉武器，在他脚边跪下：

“师傅啊！请不要和魔鬼开这样
可怕的玩笑吧！父亲的流血，
在道义上我应该把它忘记；
在悠长的岁月里，我认您是
父亲、师傅、朋友三位一体。
让这种深厚的感情展开在
我心中，压下那仇恨的念头吧！
师傅，我向您致敬。”说完这话，
帕坦飞快地跑出树林，没有
回头望一眼，没有停一下脚步。
戈宾德的眼睛里滚下了泪珠。

帕坦自从那天由森林中归来，
总是远远地把戈宾德躲开。
清晨，寂静的卧室里他不再
前来唤醒师傅；夜晚他不再
手持武器守卫在师傅的房门外；
他不再一个人陪着师傅到对岸
去打猎；没有人在旁边的时候，
就是师傅叫他，他也不肯前来。
有那么一天，戈宾德和帕坦
下棋消遣，谁也不曾注意天色
已晚——屡次的失败已经激怒了
帕坦。黄昏了；黑夜已来临，
弟子们回家去了——渐渐夜深。
一心一意地低着头，帕坦在

思索着下一步棋应该怎样走；
这时候，戈宾德突然用棋子
狠狠打中了帕坦的头，狂笑着
大声说：“和有杀父之仇的人
一同下棋，像这样的胆怯鬼，
他还想得到胜利？”立刻帕坦从
腰间拔出了匕首，闪电一般地
把它刺进师傅戈宾德的胸口。
戈宾德微笑着说：“日子这样久，
你似乎才知道对于不义的人
怎样去报仇。最后的一课我
已经教给你，孩子，我很满足，
让我来给你最后一次的祝福。”

一九〇〇年十月

仿造的布迪堡

——拉其斯坦

“不再喝水，不再进食！”
　奇多尔[①]王发誓——
“只要布迪堡还在地面上
　存在一日。”
大臣们说：“国王陛下，
这是什么样的誓愿啊！
那人力办不到的，如何
　使它成为事实？”
奇多尔王说：“不成功，
　我便殉誓。”

布迪堡距离奇多尔有
　五十里的路程，

① 奇多尔，八世纪时拉其普他拿的小国梅瓦尔的都城（在今拉其斯坦乌戴普尔土王领地境内）。自一五六八年被莫卧儿王朝阿克巴大帝攻陷后，四百年来，那里的土著民族恪遵祖先的誓言，在没把异族统治者赶出以前，决不再进奇多尔城砦。一九五六年四月由尼赫鲁总理带队把他们领进了奇多尔，因为印度已经获得独立。

那里的哈拉族人全都是
　杰出的英雄。
那是哈姆王的采邑，在那里
没有人知道什么叫作恐惧。
布迪堡的英名，奇多尔王的
　誓言便是证明。
布迪堡距奇多尔只有
　五十里的路程。

大臣们悄悄设计——
　“今夜通宵不寐，
用泥土仿照布迪堡
　修座假的堡垒，
国王将亲自前来使它
在地面上变作泥沙一堆，
不然，只为一句大话
　他的生命会销毁。”
于是在奇多尔的中心
　建起了仿造的堡垒。

贡波曾是奇多尔王的仆人，
　哈拉族的好汉，
正射鹿归来，肩头上
　背着坚弓和利箭。
他听到消息说：“你是谁！
要把仿造的布迪堡摧毁，

想叫哈拉族在拉其普他拿
　再不能出头露脸?
我要保卫仿造的布迪堡,
　哈拉族的好汉!"

奇多尔王前来捣毁
　仿造的堡垒,
"走开!"——贡波唤着,
　声如沉雷。
"想拿布迪堡之名作耍?
我不容许对它污辱、践踏,
组成堡垒的那些泥沙,
　一粒也不许销毁。"
"走开!"——贡波喊着,
　声如沉雷。

双手弯弓,一膝在
　地面跪倒,
一个贡波独自保卫着
　仿造的布迪堡。
奇多尔王带来的士兵
高举着宝刀向他围剿,
贡波的头转眼间滚落在
　土堡门外的一角。

他的鲜血光荣地染红了
　仿造的布迪堡。

一九〇〇年十月

洒红节*

——拉其斯坦

普那戈国王的皇后从凯杜那地方
　送给帕坦的凯萨尔·卡一封书信：
“你以为用战争可以获取友谊？
春天就会从眼前姗姗归去，
来吧，将军，带着你帕坦的队伍
　和我们拉其普特的女人欢度迎春。”
战败之后失却了许多城镇，
　从凯杜那地方皇后送去了书信。

凯萨尔·卡心中狂喜，
　笑眯眯捻着唇上的髭须。
眼皮染上了黑色的黛墨，
头巾选中了绛红的颜色，
手里的手帕香气扑鼻，
　千百遍在嘴巴上擦来擦去。

---

* 洒红节，迎春节。在印度是一个狂欢的节日，在那一天，可以不分种姓、男女，大家互相洒红粉、泼红水，表示友好亲热。

皇后要和帕坦人洒红游戏，
　　凯萨尔·卡笑嘻嘻捻着髭须。

素馨花丛里吹来了
　　三月里沉醉的轻风。
芒果林吐出没药似的芳香；
不听话的蜜蜂自作主张，
随心所欲地嗡嗡歌唱着
　　在芒果林中四处回旋飞动。
凯杜那城里今天来到了
　　一队队过洒红节的帕坦士兵。

凯杜那城国王的花园中
　　闪耀着落日血红的颜色。
帕坦的士兵来到御苑里
乐队的短笛正吹着黄昏曲。
来了一百个皇后的宫女，
　　要陪帕坦人欢度洒红节。
那时候正是日落时分，
　　太阳喷出愤怒的血红颜色。

长裙拖到脚面，
　　春风里飘荡着披肩。
左手托着盛红粉的金盘，
喷红的唧筒悬挂在腰间；
右手挽着装满玫瑰水的铜罐，

一队队的宫女来到花园，
一步步飘曳着长裙，
春风里荡漾着披肩。

狡猾的微笑闪烁在眼角里，
凯萨尔·卡向女人敬礼——
“身经百战，我幸能生还，
今天，怕要魂销魄散。”
突然响起了一阵狂笑，
笑倒了皇后的一百个宫女。
歪戴着红色的头巾
凯萨尔笑嘻嘻向女人敬礼。

如今开始洒红游戏，
红粉飘扬，染红了黄昏的天际。
素馨花涂上了新的颜色，
树根下洒满了红色的水迹，
鸟儿忘记了啼叫，惊呆在
拉其普特女人的狂笑里。
啊，是何处飘来的红雾
染红了黄昏的天际？
为什么我不目迷心醉啊——
暗自思量着凯萨尔·卡。
胸膛为什么不是丰满突起？
女人脚镯上的金铃为什么
响得那样嘈杂不合韵律，

手镯的丁当也欠文雅？
唉！为什么不目迷心醉啊——
暗自思量着凯萨尔·卡。

帕坦人心想:拉其普特的女人
身上找不出一点柔媚风情。
一双手臂不像莲藕，
声音羞哑了天上的霹雳，
那是些僵硬横斜的
沙漠中无花的枯藤。
帕坦人心想:这些女人的心中
找不出一点柔媚风情。

"伊曼"曲调里
笛声急促又庄严。
胸前垂着珍珠的项链，
赤金的宽手镯戴在手腕，
接过宫女递来的盛红粉的铜盘——
皇后降临了御花园。
这时候,"伊曼"曲调里
笛声急促又庄严。

凯萨尔·卡说:"伫望着你的
来临,几乎盼瞎了双眼。"
皇后说:"我们也有同感。"
一百个宫女不禁大笑——

突然帕坦将军的额头上
　飞来了皇后手中的铜盘。
鲜血四射如喷泉
　帕坦将军真的瞎了双眼。

像晴天一声霹雳
　敲起了咚咚的战鼓。
星空里升起了抖战的月亮，
飘忽来去着冷森森的剑光，
唢呐在园门里
　雄赳赳地吹个不住。
御园里一棵棵的树根下
　响起了咚咚战鼓。

脱下了长裙，
　风吹去了披肩。
是谁念了一声咒语，
脱下了女人的彩衣，
像花丛里蹿出了一百条毒蛇
　一百个英雄立刻包围了帕坦。
脱下了长裙，
　梦一般的风吹去了披肩。

帕坦从那条路上来了，
　他们再不能从那条路上生还。
春夜里沉醉了的

杜鹃不停地啼唤，
凯萨尔·卡的洒红节
　结束在凯杜那的御花园。
帕坦从那条路上来了，
　他们再不能从那条路上生还。

一九〇〇年九月

婚　礼

——拉其斯坦

静夜里响起了
　一阵阵喜庆的法螺。
新郎新娘如图画一般地
衣襟相结羞涩地站在礼堂里。
女人们撩起面幕的一角
　在窗外偷偷地窥探着，
雨季的夜里雷声隐隐——
　雷声里吹起了结婚的法螺。

凉爽的东南风不再吹拂，
　沉沉的天空里乌云密布。
礼堂里灯烛辉煌，
珍珠项链闪闪发光。
是谁突然冲进礼堂里？
　大门外还敲起咚咚的战鼓。
人们全都吃惊地站起
　走拢来围绕着新郎新妇。

向戴着花冠的麦特里王子
　说话的是马鲁瓦的使者——
拉姆辛格陛下上了战场，
亲自和异族的敌人打仗。
他号召你们前去参战，
　动身吧！勇敢的拉其普特。
“万岁！拉姆辛格万岁——”
　高呼着马鲁瓦的使者。

“万岁！拉姆辛格万岁！”
　麦特里的王子高呼着响应。
新娘的心被吓得粉碎，
两只大眼里闪烁着泪水，
“万岁！拉姆辛格万岁！”
　伴郎们高呼着，异口同声。
拉姆辛格的使者大声说——
“麦特里王子，时间不容你再事久停。”

为什么还空吹着口哨①，
　为什么还空响着法螺？
解开了结成同心的衣襟，
新郎凝望着新娘的脸儿说：
“亲爱的，是那死亡的邀请

① 口哨，在结婚、男婴降生或举行其他喜庆大典时，印度妇女们（男人不可以）口中发出“啊——噜噜噜”的尖音以示庆祝。

破坏了我们欢乐的结合。”
如今徒然空吹着口哨，
　　如今徒然空响着法螺。

穿着礼服，戴着花冠，
　　王子骑马飞奔而去了。
满脸含愁，头温柔地低着，
新娘转回自己的闺阁。
灯火慢慢熄灭，
　　宫廷的礼堂变成漆黑了。
头戴花冠，颈悬花环，
　　王子骑马飞奔而去了。

妈妈哭着说——“把结婚的礼服
　　脱下吧！唉，你苦命的！”
女儿安静地对妈妈说：
“别哭吧，妈妈，我求你，
让我穿着结婚的礼服，
　　我要为他到麦特里堡去。”
妈妈听了手捶着额头
　　哭着说：“唉！你不幸的。”

皇家的司祝给她祝福，
　　在她头上洒着吉祥草和米谷。
新娘坐上华丽的彩轿，
女人们吹起吉庆的口哨。

彩衣鲜明的男女仆妇，
　一队队走来陪伴她上路。
妈妈走来和她亲吻，
　父亲抚着她的头给她祝福。

深夜里，火炬烛照天际，
　是谁来到了麦特里的城门里？
有人在喊："喂，停下轿子，
禁止奏乐，别再吹笛——
麦特里的居民正一同准备
　为麦特里王子举行火葬礼。
麦特里王子今天牺牲在战场上，
　在这不幸的时候是谁来到麦特里？"

"喂，吹起笛来，奏起喜乐！"
　新娘在花轿里吩咐说。
如今这神圣的一刻再不容失去，
衣襟上的同心结再不会松弛，
在火葬场熊熊的火光里
　要念诵婚礼中最后的曼荼罗①。
"喂！吹起笛子，奏起乐来！"
　新娘在花轿里吩咐说。

戴着珍珠项链，穿着新郎礼服，

① 曼荼罗，经咒。

麦特里王子躺在火葬场里。
轿子里走出了王子的发妻，
衣襟和他的血衣紧紧结起。
新娘坐在王子的头前，
新郎的头抱在她的怀里。
深夜里，穿着血衣，
麦特里王子躺在火葬场里。

响起了一阵阵尖声的口哨，
女人们一队队地走来了。
“善品行”——赞美着皇家司祝婆罗门，
颂赞师说——“噢！你征服死亡的女人。”
新娘盘膝端坐在焚尸的柴堆上——
风吹着熊熊的葬火在燃烧。
火葬场上一片胜利的欢呼，
女人们吹起结婚的口哨。

一九〇〇年十月

审判官

拉胡那特·拉奥
　马拉塔皇家的英雄。
他登上王位在普那城宣布：
"我要减轻人间苦难的担负，
我要把麦索尔王海德拉里征服。
　不许他再逞威风。"

转眼之间集结了
　八万雄兵。
四面八方，川流不息地
从马拉塔所有的崇山里
英雄们如雨季的山洪
　汇集在普那城。

胜利的旗帜在天空飘荡，
　千百个法螺呜呜齐响。
女人们吹起尖声的口哨，
普那城在光荣里战栗，
毁灭的战鼓惊心动魄地

敲打着响震四方。

朝阳躲进旌旗森森的树林，
马蹄扬起滚滚的尘沙。
震聋了天空的胜利的欢呼里
拉胡那特骑上了血色的战马。
突然,像谁念了一声咒语，
军乐停止了前进的喇叭。

是在谁的脚前,国王
显得如此谦恭?
是在谁的指挥下，
宫门外刹那间停止了
兴高采烈奔赴战场的
八万士兵?

婆罗门拉姆·沙斯特里
严正的最高审判官。
他高举着两只手臂，
大声说:“拉胡那特·拉奥，
离开城市去到哪里，
在没有受到惩罚以前?”

静止了军乐，
静止了胜利的欢呼。
拉胡那特说:“为什么

在今天偏偏阻挡我的去路?
我正为丰盛阎摩的筵席
　去歼灭那批伊斯兰教徒。”

拉姆·沙斯特里说:
　“你谋杀了嫡亲的侄男!
在没有受到审判之前,
这期间你没有自由。
按照法律的规定
　你应被严加看管。”

拉胡那特·拉奥
　脸上含笑,心中生气。
“国王的行动谁能够约束?
刀光剑影下我自由来去,
今天,不是来在路中心
　听人讲解什么法律。”

沙斯特里说:“拉胡那特,
　走吧,尽管去打仗。
我也立刻辞职,
转回自己的村庄,
再也不容许自己坐在
　这视法律如儿戏的法庭上。”

吹着法螺,敲着战鼓,

开拔了出征的队伍。
舍弃了高贵的职位，
扔掉了所有的财富，
清贫的婆罗门回到了
乡村里的茅屋。

一九〇〇年十月

践　誓

“喂,马拉塔的强盗来了,
　大家准备好武器!”
阿吉密堡砦里高呼着
　将军杜姆拉吉。
正午时分,家家户户
　正烧着粗面饼,
人声沸腾,碉楼上传出
　咚咚的战鼓声。
登上城头,望见南方
　遥远的天边,
马拉塔骑兵的铁蹄下
　扬起一片尘烟。
“这批马拉塔的蝗虫今天
　扑在我们的剑火里,
消灭他们不容一个飞去。”
　怒吼着杜姆拉吉。

从马鲁瓦来的使者说——
“何劳准备迎敌?

这是国王的命令，看吧，
　将军杜姆拉吉！
信德[1]来了，和他们同来的
　还有法国的将领。
恭敬地把堡垒交给他们，
　你只有服从命令。
幸运之神如今已背弃了
　国王维加耶辛哈；
阿吉密堡用不着血战挣扎
　奉送给马拉塔吧！”
“君王的命令，英雄的天职，
　到底何所适从呢？”
长叹了一口气，痛苦地
　低语着杜姆拉吉。

马鲁瓦的来使宣布旨谕——
　“全体放下武器。”
如石像一般呆立着的是
　将军杜姆拉吉。
天色渐晚，牛羊踯躅在
　暮霭升起的田间，
树阴下牧童的笛声
　悠扬而婉转。
“当阿吉密堡交在我手时

① 信德，居住在信德省（现属巴基斯坦）的一种民族。

　曾在心中发誓，
国王的堡垒此生决不丢失
　在敌人手中，
今天莫非在国王的命令里
　竟要把誓言背弃？”
想来想去，拿不定主意，
长叹着杜姆拉吉。

拉其普特的军队羞愤地
　放下了武器，
碉堡门前默默地呆立着
　将军杜姆拉吉。
赭衣的黄昏悄悄降临在
　西方的田野间，
马鲁瓦的队伍扬起灰尘
　停在堡砦门前。
“躺在门前地上是什么人？
　起来，打开大门！”
没有回音——无生命的躯壳
　再不会回答询问。
君王的命令，英雄的天职
　如今再不使他忧虑——
阿吉密堡砦的大门外
　长眠了杜姆拉吉。

一九〇〇年十月

译者附记

《故事诗》(*Katha*)是泰戈尔最为印度人民所传诵的诗篇,中小学课本中必选的教材,也为大学文学系学生所必读。一般人容或没有读过,或读不懂他的《吉檀迦利》,但没有读过《故事诗》的却不多见,“五河环绕着的英雄之国,辫子盘在头上的锡克……”(《被俘的英雄》)几乎男女老少人人都能背诵。

故事大体分为四组:佛教故事、印度教故事、锡克教故事和马拉塔及拉其斯坦的英雄故事。佛教故事取自《撰集百缘经》(*Avadāna sataka*)、《菩萨譬喻鬘论》(*Bodhisattvāvadāna-māla*)和《如意树譬喻鬘论》(*Kalpadrumāvadāna-māla*);印度教故事取自《歌赞奥义书》(*Chāndogya Upanishado*)及《敬信鬘》(*Bhakta-māla*);其余的故事来自民间传说。佛教故事和印度教故事并非佛经与古圣梵典的翻译,而是诗人的创作,词句是诗人自己的,人物及情节也有很大的变动。这在一九〇〇年《故事诗》最初出版的时候,诗人已经作了声明,说“希望这些变动不致在文化传统及宗教义理方面造成罪过”。

在这部分诗歌中,诗人把一些为人民所喜爱的人物介绍给我们,虽然他们有些是普通的、平凡的,连名字也不曾留下的人物。这里有:信仰坚定、慈悲喜舍的佛教徒;反对宗教偏见，反对焚身殉节陋俗的宗教改革家；漠视种姓尊严的婆罗门；鄙夷黄金的修道者；人们理想中的大公无私、了解百姓疾苦的国王；不愿把土地献与敌人而宁可牺牲性命的将军；不畏强暴的公正的审判官；与异族统治者作顽强斗争，视死如归的男女英雄们……诗人以生动的口语、民歌的调子，歌唱出他们进步的思想、勇敢的精神、优秀的道德品质，从而教育那些在殖民地教育制度下不知道或忘记了，甚至鄙视印度文化遗产的年轻一代，唤起他们的民族自豪感，珍视自己的光荣传统。这也许就是在印度把这部诗集选做中小学及大学课本的原因之一吧。

一九二七年诗人把第五首《供养女》改写成歌舞剧《舞女的供养》（*Natir puja*），一九三九年又把第七首《报答》改编为歌舞剧《夏玛》（*Shyama*）。

译文是根据一九四二年国际大学出版部出版的孟加拉文《泰戈尔全集》卷七中所收的《故事诗集》译出的。

石　真

一九五七年十一月九日

“外国文学名著丛书”书目

第一辑

书　名	作　者	译　者
伊索寓言	〔古希腊〕伊索	周作人
源氏物语	〔日〕紫式部	丰子恺
堂吉诃德	〔西班牙〕塞万提斯	杨　绛
泰戈尔诗选	〔印度〕泰戈尔	冰　心　石　真
坎特伯雷故事	〔英〕杰弗雷·乔叟	方　重
失乐园	〔英〕约翰·弥尔顿	朱维之
格列佛游记	〔英〕斯威夫特	张　健
傲慢与偏见	〔英〕简·奥斯丁	王科一
雪莱抒情诗选	〔英〕雪莱	查良铮
瓦尔登湖	〔美〕亨利·戴维·梭罗	徐　迟
欧·亨利短篇小说选	〔美〕欧·亨利	王永年
特利斯当与伊瑟	〔法〕贝迪耶	罗新璋
巨人传	〔法〕拉伯雷	鲍文蔚
忏悔录	〔法〕卢梭	范希衡 等
欧也妮·葛朗台　高老头	〔法〕巴尔扎克	傅　雷
雨果诗选	〔法〕雨果	程曾厚
巴黎圣母院	〔法〕雨果	陈敬容
包法利夫人	〔法〕福楼拜	李健吾
叶甫盖尼·奥涅金	〔俄〕普希金	智　量
死魂灵	〔俄〕果戈理	满　涛　许庆道

书　名	作　者	译　者
当代英雄	〔俄〕莱蒙托夫	草　婴
猎人笔记	〔俄〕屠格涅夫	丰子恺
白痴	〔俄〕陀思妥耶夫斯基	南　江
列夫·托尔斯泰中短篇小说选	〔俄〕列夫·托尔斯泰	草　婴
怎么办?	〔俄〕车尔尼雪夫斯基	蒋　路
高尔基短篇小说选	〔苏联〕高尔基	巴　金 等
浮士德	〔德〕歌德	绿　原
易卜生戏剧四种	〔挪〕易卜生	潘家洵
鲵鱼之乱	〔捷〕卡·恰佩克	贝　京
金人	〔匈〕约卡伊·莫尔	柯　青

第二辑

书　名	作　者	译　者
荷马史诗·伊利亚特	〔古希腊〕荷马	罗念生　王焕生
荷马史诗·奥德赛	〔古希腊〕荷马	王焕生
十日谈	〔意大利〕薄伽丘	王永年
莎士比亚悲剧五种	〔英〕威廉·莎士比亚	朱生豪
多情客游记	〔英〕劳伦斯·斯特恩	石永礼
唐璜	〔英〕拜伦	查良铮
大卫·科波菲尔	〔英〕查尔斯·狄更斯	庄绎传
简·爱	〔英〕夏洛蒂·勃朗特	吴钧燮
呼啸山庄	〔英〕爱米丽·勃朗特	张　玲　张　扬
德伯家的苔丝	〔英〕托马斯·哈代	张谷若
海浪　达洛维太太	〔英〕弗吉尼亚·吴尔夫	吴钧燮　谷启楠
哈克贝利·费恩历险记	〔美〕马克·吐温	张友松
一位女士的画像	〔美〕亨利·詹姆斯	项星耀
喧哗与骚动	〔美〕威廉·福克纳	李文俊
永别了武器	〔美〕欧内斯特·海明威	于晓红

书　名	作　者	译　者
波斯人信札	〔法〕孟德斯鸠	罗大冈
伏尔泰小说选	〔法〕伏尔泰	傅　雷
红与黑	〔法〕司汤达	张冠尧
幻灭	〔法〕巴尔扎克	傅　雷
莫泊桑中短篇小说选	〔法〕莫泊桑	张英伦
文字生涯	〔法〕让-保尔·萨特	沈志明
局外人　鼠疫	〔法〕加缪	徐和瑾
契诃夫小说选	〔俄〕契诃夫	汝　龙
布宁中短篇小说选	〔俄〕布宁	陈　馥
一个人的遭遇	〔苏联〕肖洛霍夫	草　婴
少年维特的烦恼	〔德〕歌德	杨武能
德国,一个冬天的童话	〔德〕海涅	冯　至
绿衣亨利	〔瑞士〕戈特弗里德·凯勒	田德望
斯特林堡小说戏剧选	〔瑞典〕斯特林堡	李之义
城堡	〔奥地利〕卡夫卡	高年生

第三辑

埃斯库罗斯悲剧二种	〔古希腊〕埃斯库罗斯	罗念生
索福克勒斯悲剧二种	〔古希腊〕索福克勒斯	罗念生
欧里庇得斯悲剧二种	〔古希腊〕欧里庇得斯	罗念生
神曲	〔意大利〕但丁	田德望
西班牙流浪汉小说选	〔西班牙〕克维多 等	杨　绛 等
阿拉伯古代诗选	〔阿拉伯〕乌姆鲁勒·盖斯 等	仲跻昆
列王纪选	〔波斯〕菲尔多西	张鸿年
蕾莉与马杰农	〔波斯〕内扎米	卢　永
莎士比亚喜剧五种	〔英〕威廉·莎士比亚	方　平
鲁滨孙飘流记	〔英〕笛福	徐霞村

书　名	作　者	译　者
彭斯诗选	〔英〕彭斯	王佐良
艾凡赫	〔英〕沃尔特·司各特	项星耀
名利场	〔英〕萨克雷	杨　必
人性的枷锁	〔英〕威廉·萨默塞特·毛姆	叶　尊
儿子与情人	〔英〕D. H. 劳伦斯	陈良廷　刘文澜
杰克·伦敦小说选	〔美〕杰克·伦敦	万　紫　等
了不起的盖茨比	〔美〕菲茨杰拉德	姚乃强
木工小史	〔法〕乔治·桑	齐　香
恶之花　巴黎的忧郁	〔法〕波德莱尔	钱春绮
萌芽	〔法〕左拉	黎　柯
前夜　父与子	〔俄〕屠格涅夫	丽　尼　巴　金
卡拉马佐夫兄弟	〔俄〕陀思妥耶夫斯基	耿济之
安娜·卡列宁娜	〔俄〕列夫·托尔斯泰	周　扬　谢素台
茨维塔耶娃诗选	〔俄〕茨维塔耶娃	刘文飞
德国诗选	〔德〕歌德　等	钱春绮
安徒生童话选	〔丹麦〕安徒生	叶君健
外祖母	〔捷〕鲍·聂姆佐娃	吴　琦
好兵帅克历险记	〔捷〕雅·哈谢克	星　灿
我是猫	〔日〕夏目漱石	阎小妹
罗生门	〔日〕芥川龙之介	文洁若

第四辑

一千零一夜		纳　训
培根随笔集	〔英〕培根	曹明伦
拜伦诗选	〔英〕拜伦	查良铮
黑暗的心　吉姆爷	〔英〕约瑟夫·康拉德	黄雨石　熊　蕾
福尔赛世家	〔英〕高尔斯华绥	周煦良

书　名	作　者	译　者
月亮与六便士	〔英〕威廉·萨默塞特·毛姆	谷启楠
萧伯纳戏剧三种	〔爱尔兰〕萧伯纳	潘家洵 等
红字　七个尖角顶的宅第	〔美〕纳撒尼尔·霍桑	胡允桓
汤姆叔叔的小屋	〔美〕斯陀夫人	王家湘
白鲸	〔美〕赫尔曼·梅尔维尔	成　时
马克·吐温中短篇小说选	〔美〕马克·吐温	叶冬心
老人与海	〔美〕欧内斯特·海明威	陈良廷 等
愤怒的葡萄	〔美〕斯坦贝克	胡仲持
蒙田随笔集	〔法〕蒙田	梁宗岱　黄建华
悲惨世界	〔法〕雨果	李　丹　方　于
九三年	〔法〕雨果	郑永慧
梅里美中短篇小说选	〔法〕梅里美	张冠尧
情感教育	〔法〕福楼拜	王文融
茶花女	〔法〕小仲马	王振孙
都德小说选	〔法〕都德	刘　方　陆秉慧
一生	〔法〕莫泊桑	盛澄华
普希金诗选	〔俄〕普希金	高　莽 等
莱蒙托夫诗选	〔俄〕莱蒙托夫	余　振　顾蕴璞
罗亭　贵族之家	〔俄〕屠格涅夫	陆　蠡　丽　尼
日瓦戈医生	〔苏联〕帕斯捷尔纳克	张秉衡
大师和玛格丽特	〔苏联〕布尔加科夫	钱　诚
茨威格中短篇小说选	〔奥地利〕斯·茨威格	张玉书 等
玩偶	〔波兰〕普鲁斯	张振辉
万叶集精选	〔日〕大伴家持	钱稻孙
人间失格	〔日〕太宰治	魏大海

第五辑

书 名	作 者	译 者
泪与笑　先知	〔黎巴嫩〕纪伯伦	冰　心 等
华兹华斯 柯尔律治 诗选	〔英〕华兹华斯 柯尔律治	杨德豫
济慈诗选	〔英〕约翰·济慈	屠　岸
汤姆·索亚历险记	〔美〕马克·吐温	张友松
大街	〔美〕辛克莱·路易斯	潘庆舲
田园三部曲	〔法〕乔治·桑	罗　旭 等
金钱	〔法〕左拉	金满成
果戈理小说戏剧选	〔俄〕果戈理	满　涛
奥勃洛莫夫	〔俄〕冈察洛夫	陈　馥
谁在俄罗斯能过好日子	〔俄〕涅克拉索夫	飞　白
亚·奥斯特洛夫斯基戏剧六种	〔俄〕亚·奥斯特洛夫斯基	姜椿芳 等
复活	〔俄〕列夫·托尔斯泰	草　婴
静静的顿河	〔苏联〕肖洛霍夫	金　人
谢甫琴科诗选	〔乌克兰〕谢甫琴科	戈宝权　任溶溶
维廉·麦斯特的学习时代	〔德〕歌德	冯　至　姚可崑
叔本华随笔集	〔德〕叔本华	绿　原
艾菲·布里斯特	〔德〕台奥多尔·冯塔纳	韩世钟
豪普特曼戏剧三种	〔德〕豪普特曼	章鹏高 等
铁皮鼓	〔德〕君特·格拉斯	胡其鼎
加西亚·洛尔卡诗选	〔西班牙〕加西亚·洛尔卡	赵振江
你往何处去	〔波兰〕亨利克·显克维奇	张振辉
显克维奇中短篇小说选	〔波兰〕亨利克·显克维奇	林洪亮
裴多菲诗选	〔匈〕裴多菲	孙　用
轭下	〔保〕伐佐夫	施蛰存

书　名	作　者	译　者
卡勒瓦拉(上下)	〔芬兰〕埃利亚斯·隆洛德	孙　用
破戒	〔日〕岛崎藤村	陈德文
戈拉	〔印度〕泰戈尔	刘寿康